Juventude sem Deus

Ödön von Horváth

Juventude sem Deus

tradução e notas
Sergio Tellaroli

prefácio
Michele Gialdroni

todavia

Prefácio,
por Michele Gialdroni 7

1. Os negros 17
2. Chove 21
3. Os plebeus ricos 23
4. O pão 28
5. A peste 30
6. A era de peixes 33
7. O goleiro 38
8. A guerra total 42
9. Vênus em marcha 46
10. Ervas daninhas 49
11. O piloto desaparecido 51
12. Vá para casa! 53
13. Em busca dos ideais da humanidade 56
14. O centurião romano 62
15. O lixo 66
16. Z e N 68
17. Adão e Eva 72
18. Condenado 79
19. O homem na lua 83
20. O penúltimo dia 87
21. O último dia 91
22. Os colaboradores 94

23. O caso Z ou N 99
24. O véu 101
25. Em casa 106
26. A bússola 109
27. A caixinha 112
28. A expulsão do paraíso 115
29. O peixe 119
30. O peixe não morde o anzol 121
31. Bandeiras 126
32. Um de cinco 129
33. O clube intervém 134
34. Duas cartas 137
35. Outono 140
36. Visita 142
37. O fim da linha 145
38. A isca 150
39. Na rede 153
40. O N 155
41. O fantasma 158
42. A corça 161
43. Os outros olhos 165
44. Sobre as águas 168

Sobre esta edição 171

Prefácio

Michele Gialdroni

Para contar uma história, é necessário decidir por onde começar. A história de Ödön von Horváth começa do final, ou seja, a partir de sua morte súbita e absurda que ocorre em 1º de junho de 1938. Ele tem 36 anos, é um dramaturgo famoso, suas tragicomédias de crítica social desencantada, imersas na vida cotidiana da pequena burguesia e do proletariado urbano, como *Italienische Nacht* [Noite italiana] e *Geschichten aus dem Wiener Wald* [Histórias do bosque vienense], triunfaram na Berlim de 1931. Nesse ano, ele recebeu inclusive o Prêmio Kleist, o maior reconhecimento para autores de língua alemã daquela época. Todavia, a partir da tomada de poder pelos nazistas, em janeiro de 1933, a representação de suas peças foi proibida na Alemanha. Um mês depois, em fevereiro, Horváth se encontra na Baviera, na amada casa dos pais em Murnau, mas os enfrentamentos com os nazistas locais o induzem a mudar-se rapidamente para a Áustria. É impossível permanecer em Murnau. Os nazistas revistam a casa e intimidam os proprietários. No fim do ano, a casa da família será vendida.

Horváth hesita em decidir onde vai se estabelecer. Tinha escolhido a Alemanha como pátria e agora lhe pesa a ideia de deixá-la. Talvez espere que os ventos mudem, certamente pretende continuar a testemunhar, a seu modo, o que está acontecendo. Depois de ter passado um período na Áustria, tendo renovado o passaporte húngaro, que lhe permite deslocar-se sem problemas e o exime parcialmente do controle das autoridades alemãs, em 1934 o dramaturgo tenta novamente estabelecer-se em Berlim. Chega inclusive a dispor-se a se inscrever na Associação dos Escritores do Reich, fundada em 1933, ano das grandes queimas de livros que os nazistas consideravam contrários ao espírito alemão. Ele espera poder trabalhar no cinema, continuar a viver na legalidade e observar as mudanças na sociedade, o comportamento dos indivíduos no novo contexto. Mas a adesão é uma via sem saída: nada nos escritos de Horváth o aproxima do nazismo, a convivência é impossível. Ao fim só lhe resta o exílio, mesmo que ele se mantenha em países limítrofes, sobretudo na Áustria, mas também na Suíça e na Tchecoslováquia, onde pode ainda tentar encenar em alemão suas novas comédias. As estreias dessas peças, que abordam temas históricos e literários, com a ironia e a melancolia típicas de Horváth, mas sem representar diretamente os contrastes do presente, realizam-se a princípio em Zurique, a seguir em Viena e, no final, em Praga.

Em 1936, Horváth se estabelece definitivamente em Henndorf, nos entornos de Salzburgo, como hóspede do amigo escritor Carl Zuckmayer (o mesmo que o havia indicado para o Prêmio Kleist cinco anos antes). Ali toma a decisão de renunciar a qualquer tipo de cautela, de repudiar qualquer tipo de concessão e autocensura e de dedicar-se à prosa. Já em 1930, tinha publicado um breve romance satírico, *Der ewige Spießer* [O eterno careta], livro no qual representava com traços grotescos a pequena burguesia, que se teria mostrado disposta a apoiar a ascensão do nazismo, seu nacionalismo obtuso, seu cego conformismo. Mas nesse romance a crítica social, muito presente também em seus sucessos teatrais dos primeiros anos da década de 1930, de tão mordaz e feroz, não dava espaço para tentativas de mudanças, possíveis vias de escape que mantivessem viva a esperança de evitar as iminentes tragédias coletivas e individuais. Não há salvação para os ingênuos iludidos, para as mulheres exploradas, para os cínicos realistas das obras que levaram Horváth ao sucesso. Ele sempre foi um moralista sem ideologia, sem fórmulas para interpretar as interações humanas, nem propostas para modificar a sociedade. Às vezes impiedoso, outras compassivo, mas invariavelmente fiel à veracidade dos fatos e à honestidade das intenções, firmemente avesso à inevitável mistificação e à infalível desonestidade. Seu teatro é repleto de contradições irresolutas, de longos silêncios e de frases impronunciáveis, de toda forma muito distante da prática e das intenções do teatro político e didático que Bertolt Brecht vinha desenvolvendo na mesma época.

Quando começa a trabalhar em *Juventude sem Deus*, estamos em 1937. Já se havia perdido a esperança de que a onda nacional-socialista pudesse passar depressa. Horváth conversa frequentemente com seu amigo dramaturgo austríaco Franz Theodor Csokor, que o incita a imaginar obras construtivas, que possam reacender a esperança. Ele se mostra sensível às solicitações do amigo e reflete sobre o senso de culpa, presente nos indivíduos e na coletividade, presente talvez também em Horváth, que em 1934 havia tentado restabelecer-se em Berlim inscrevendo-se no sindicato dos escritores. Agora ele precisa encontrar um novo público. Os espaços para encenar suas obras, mesmo fora da Alemanha, são cada vez mais limitados, a relação com seu público ficou comprometida e é praticamente impossível obter recursos para viver da atividade teatral. Ele escolhe deliberadamente o caminho do romance, aliás, do romance policial, para alcançar um público mais amplo. Após poucos meses de escrita frenética, *Juventude sem Deus* fica pronto. A obra é publicada pela editora Allert de Lange, em Amsterdam, naquela época provavelmente o principal centro editorial para escritores alemães perseguidos pelo nazismo. E faz um sucesso extraordinário. O livro é aclamado por escritores exilados, por Hermann

Hesse, Klaus Mann e inclusive por Thomas Mann. Logo é traduzido em várias línguas (mas não em português). Horváth volta imediatamente a trabalhar e escreve um segundo romance, que também será publicado pela editora De Lange, em 1938. Trata-se de *Ein Kind unserer Zeit* [Um filho dos nossos tempos], um romance sombrio, no qual se dá voz a um narrador que adere ao nazismo e sucumbe aos conflitos interiores daí decorrentes. Em uma carta a Csokor, de 26 de outubro de 1937, referindo-se a *Juventude sem Deus*, Horváth escreve ao amigo que a grande novidade da obra era esta: ter dado voz ao ser humano fascista, ou melhor, se corrige, "ao ser humano na época do fascismo".

Toda a trama de *Juventude sem Deus* é uma metáfora do senso de culpa, de quem, querendo ou não, apoia e tolera os contextos criminosos. O narrador toma parte culposamente dos acontecimentos e sua hesitação em dizer a verdade cria monstros. Horváth, por sua vez, que tinha observado e descrito a sociedade alemã dos anos da República de Weimar de forma perspicaz e precisa, nunca participara da atividade política, nunca colocara sua escrita a serviço de uma proposta reformadora. O sofrimento do narrador, o professor, que, embora movido por uma incontestável moralidade e por sentimentos de solidariedade humana, não consegue tomar posição, não consegue mudar, é também o sofrimento de Horváth. Quando o professor conseguir sair do isolamento de sua condição de espectador, será outro vivisseccionador da realidade a morrer: o estudante insuspeito, aquele com olhos de peixe, o garoto que, como o próprio professor, quer ver a realidade até o momento derradeiro, que transforma a curiosidade e o desejo de conhecimento em desprezo, em sadismo. Essa dicotomia entre realidade e verdade é bem presente nas obras de Horváth. Os fanáticos do realismo são os carrascos, os algozes, aqueles que afirmam que nada pode ser feito, porque as coisas são como são. Já nos conflitos de classe representados pelo jovem Horváth no drama *Die Bergbahn* [A ferrovia de montanha], de 1927, ou na desestruturação da ideologia militarista em *Sladek oder: Die schwarze Armee* [Sladek ou A armada negra], de 1928, quem luta pela verdade, pelo melhoramento do homem e da sociedade, entra inevitavelmente em conflito com o realismo cínico e simplista dos oportunistas.

Exemplificando a proverbial banalidade do mal, as desgraças do professor em *Juventude sem Deus* começam com a simples afirmação de que os negros são seres humanos como todos os outros. E é significativo que Horváth se refira aos negros para tratar da desumana segregação do Terceiro Reich. Os poucos negros alemães foram discriminados, muitas vezes reclusos em campos de concentração e esterilizados, se não diretamente assassinados, nos anos do regime nazista. A Alemanha havia perdido suas colônias africanas no final da Primeira Guerra Mundial, mas era em particular contra os negros, filhos legítimos ou ilegítimos, deixados na Renânia pelos soldados de origem senegalesa depois da ocupação francesa, que se voltava o ódio dos nazistas. A "vergonha negra" da qual Hitler quer libertar-se. Com efeito, o exame das razões que teriam tornado necessário o colonialismo fazia parte do currículo escolar, partindo-se, em primeira instância, da argumentação de suposta superioridade racial. Em nome de um falso realismo, de uma evidência forjada, educava-se todo um povo a viver na mentira.

De fato, a fábula de Horváth em *Juventude sem Deus* dirige-se contra todas as sociedades liberticidas e militarizadas, pretende refletir sobre a condição do indivíduo no Estado fascista, sustentado fatalmente pela mentalidade e pelo oportunismo das velhas gerações de diretores de escola, grandes industriais e pequenos comerciantes, mas também pelo funesto entusiasmo das novas gerações. Na literatura alemã das primeiras décadas do século XX, iniciando-se com *O anjo azul*, de Heinrich Mann, de 1905, o professor tinha sido representado como o opressor por antonomásia — pensemos também no oprimente convento de Maulbronn em *Unterm Rad* [Debaixo das rodas], de Hermann Hesse, ou no claustrofóbico colégio militar de *O jovem Törless*, de Robert Musil, ambos publicados em 1906. Aquele que era o opressor, o representante do sistema que deve educar seus alunos à obediência, torna-se agora nas mãos de Horváth, com todas as suas incertezas, o alter ego do escritor (e figura de identificação do leitor), que se depara com uma geração de jovens cegados pela fúria coletivista. Uma sociedade que exclui definitivamente aqueles que não são considerados parte integrante do corpo compacto da nação, por nascimento, por escolha, às vezes por necessidade. Ou seja, não só judeus, negros e ciganos, não só comunistas e sindicalistas, mas também pessoas com deficiência e doentes, também os míseros trabalhadores que em *Juventude sem Deus* vivem nos velhos casebres acinzentados do povoado, os moleques inconformados que se escondem nos bosques e roubam para sobreviver. Enfim, uma sociedade que não tolera os professores que se rebelam contra o regime e têm de escolher a via do exílio para poder viver uma vida digna, para redimir-se das maldades justo ali onde mais cruelmente foram cometidas, no contexto colonial.

Mas voltemos ao 1º de junho de 1938. Horváth está em viagem há meses. Deixou a Áustria em março, durante a anexação do país à Alemanha. Graças ao passaporte húngaro, pode viajar livremente, mantendo-se às margens do Terceiro Reich, o que o leva a Praga, a Budapeste, a Rijeka, quase como em uma viagem através das diversas fases de sua existência, chegando por fim à Suíça. Dali parte para Amsterdam, onde visita a casa de seus recentes sucessos editoriais, a Allert de Lange, e chega a falar sobre os direitos cinematográficos de *Juventude sem Deus*. Com efeito, em Paris está esperando por ele o diretor

Robert Siodmak, que pretende realizar o filme. Em Amsterdam, Horváth, notoriamente supersticioso, fascinado pelo mistério, conhecido pela leveza com que narra histórias macabras e inquietantes, recorre a uma vidente que lhe prognostica um episódio singular na capital francesa, capaz de modificar sua vida de modo radical. Uma vida iniciada em 1901, em Rijeka (hoje na Croácia), na costa Adriática, no velho Império Austro-Húngaro, cujo fim Horváth nunca lamentou, embora se considerasse um representante daquele específico constructo multinacional, uma "típica mistura da velha Áustria". Ademais, se julgava afortunado por não pertencer a nenhuma nação, porque assim não perderia tempo com sentimentalismos ditados por amor à pátria. Seu pai é um diplomata húngaro e seus deslocamentos condicionam a vida da família. Em 1902, a família Horváth está em Belgrado, posteriormente transcorrerão períodos em Budapeste, Munique e Bratislava. Em 1919, Ödön termina a escola em Viena e se inscreve na Universidade de Munique. Agora, com o fim do Império Austro-Húngaro, passa a ter um passaporte húngaro: sua língua materna, no entanto, é o alemão, e a língua é sua pátria cultural. Aliás, também seus pais se estabelecem em Murnau, uma cidadezinha idílica dos Pré-Alpes da Baviera, às margens do lago Staffel, colônia de artistas e literatos. A província, com suas restrições e seu encanto, será uma constante fonte de inspiração para o jovem Horváth, que logo abandonará os estudos e se dedicará inteiramente à produção literária. Em 1924, muda-se para Berlim, porque é aí que pulsa a vida cultural da época e é nessa cidade que um jovem autor deve se afirmar.

Desde que a Alemanha invadira a Áustria, no início de março de 1938, a situação dos escritores em exílio tornou-se cada vez mais precária. Na primavera desse ano, Horváth contorna a Alemanha nazista, está permanentemente em fuga. Não obstante, os testemunhos nos dizem que ele se sente em casa onde quer que esteja. Seus recursos econômicos estão se exaurindo. As habitações nas quais se hospeda são bem modestas, mas ele está sempre elegante, confiante. Dedica-se aos novos projetos narrativos. Em um de seus últimos fragmentos literários, no esboço de romance picaresco *Schlamperl*, se dirige diretamente ao leitor: "Agora, como sempre, o autor segue seu maior lema: Contra a mentira e a estupidez. Sejam sinceros, reconheçam a si mesmos!". A seu lado, sempre que possível, tem a belíssima atriz Wera Liessem, que conheceu em setembro de 1934 em Berlim numa festa em casa de László Moholy-Nagy, justamente nos meses da impossível, inconcebível, embaraçosa convivência com o regime nazista.

Em 26 de maio de 1938, está por fim em Paris, mas esta não é mais do que uma etapa com vista à Califórnia, nos Estados Unidos, onde muitos escritores estão se refugiando, frequentemente com o intuito de trabalhar para a indústria cinematográfica, com os diretores também provenientes do ambiente cultural alemão e austro-húngaro (de fato, Thomas Mann chegara havia poucos meses; Billy Wilder, quatro anos antes). Em Paris, Horváth encontra Robert Siodmak, que em 1930 tinha estreado na direção com o filme *Gente no domingo*: retrato divertido, em estilo de documentário, de um descontraído domingo berlinense, com roteiro de Billy Wilder. Há anos Siodmak vive na França. Dirigiu vários filmes de aventura, mas no momento está se especializando em thriller, gênero que o deixará famoso em Hollywood. Ficou entusiasmado com *Juventude sem Deus*, quer conhecer o autor, falar sobre o filme que pretende realizar. Horváth aceitou o convite e está em Paris para encontrá-lo. Os dois se frequentam durante três dias, compartilham projetos e ansiedades, nasce uma profunda amizade. Depois de meses de angústia, parece delinear-se para Horváth uma mudança resolutiva e liberatória, um projeto que o levará à Califórnia. Seria esse o evento previsto pela vidente?

Quarta-feira, 1º de junho, Siodmak o convence a ir ao cinema assistir ao mais novo sucesso americano, do qual todos estão falando: o primeiro longa-metragem produzido por Walt Disney, *Branca de Neve e os sete anões*. Não sabemos o que Horváth pensou do filme, mas sabemos que certamente se interessava por todas as manifestações da cultura popular. Iniciara sua carreira literária com uma coletânea de *Sportmärchen* [Fábulas esportivas] e, tanto em Viena como em Munique e Berlim, costumava frequentar espetáculos populares. Suas peças mais famosas remetem ao gênero do teatro popular, e ele muitas vezes utiliza o dialeto, a gíria da rua. Mas Walt Disney era outra coisa, era o final feliz que Horváth nunca chegou a conceber.

Naquele dia à tarde, depois do filme, Siodmak e Horváth se sentam no terraço de um café. O tempo vai mudando, uma tempestade se aproxima. Siodmak se oferece para acompanhá-lo de carro ao hotel, mas Horváth declina o convite, prefere caminhar. Não confia nos carros, evita sempre os elevadores, é supersticioso. São dezenove horas quando Horváth toma a Champs-Élysées. Na altura do teatro de Marigny, um raio atinge um plátano, rompendo um ramo que desaba sobre a cabeça do solitário passante, causando sua morte. Uma morte absurda, uma tragédia ridícula, uma escolha equivocada e um destino implacável, como nas histórias de seus personagens. No bolso de seu paletó encontrarão um pacote de fotografias de nus e um maço de cigarros, sobre o qual se acham escritas duas simples estrofes, quase uma rima infantil: "E as pessoas dirão/ Em longínquos dias azuis/ Quando finalmente se distinguirá/ O falso do verdadeiro// Que aquilo que é falso ruirá/ Embora hoje reine/ E o verdadeiro triunfará/ Embora hoje deva morrer".

Um homem com todas as suas contradições, capaz de enxergar o sublime no trivial, o cômico na tragédia, mesmo o divino na ausência de Deus. Uma voz única, capaz de falar diretamente a nós, lembrando-nos de nossas responsabilidades de indivíduos, da necessidade de buscar sempre a verdade e a justiça, sem nos trair, sem nos adequar, sem aceitar o que nos é imposto, com uma confiança irredutível na razão e no diálogo. A necessidade de liberarmo-nos de fórmulas de linguagem banalmente repetidas e de encontrar a nossa voz, aquela que resulta de uma alegria de viver irredutível. Com as armas da arte do humorismo e da reflexão. As únicas armas consentidas.*

* Na Alemanha nazista o Ministério da Propaganda, dirigido pelo famigerado Joseph Goebbels, proibiu imediatamente a venda e distribuição do livro *Juventude sem Deus*, sob a acusação de "pacifismo".

I.
Os negros

25 de março

Tenho flores sobre a minha mesa. Adorável. Um presente de minha boa senhoria, porque hoje é meu aniversário.

Mas preciso da mesa e, por isso, empurro as flores para o lado, assim como a carta de meus velhos pais. Minha mãe escreveu: "Neste seu trigésimo quarto aniversário, desejo a você, querido filho, tudo que há de melhor. Que Deus Todo-Poderoso lhe dê saúde, felicidade e contentamento!". E meu pai escreveu: "Neste seu trigésimo quarto aniversário, meu querido filho, desejo a você tudo de bom. Que Deus Todo-Poderoso lhe dê felicidade, contentamento e saúde!".

Felicidade é sempre bom, penso comigo, e saudável você é, graças a Deus! Bato na madeira. Mas contentamento? Não, contente, na verdade, não estou. Mas, afinal, ninguém está.

Sento-me à mesa, abro o tinteiro com tinta vermelha e, ao fazê-lo, mancho os dedos e me irrito com isso. Deveriam enfim inventar uma tinta que não mancha!

Não, contente eu verdadeiramente não estou.

Pare de pensar besteiras, recrimino-me. Lembre-se de que você tem um emprego seguro e com direito a aposentadoria, o que, nos tempos atuais, em que ninguém sabe se o mundo seguirá girando amanhã, parece impossível! Quantos, no seu lugar, não lamberiam os dedos?! São pouquíssimos os candidatos ao magistério que logram tornar-se professores! Agradeça a Deus por pertencer ao corpo docente de um liceu municipal e por poder envelhecer e emburrecer sem grandes preocupações financeiras! Afinal, é bem capaz de você viver até os cem anos e, quem sabe um dia, tornar-se até o habitante mais velho de nossa pátria! Aí, então, em seu aniversário, aparecerá nas páginas de alguma revista com a legenda: "Sua mente segue em plena atividade". Tudo isso e mais a aposentadoria! Pense bem e não cometa nenhum pecado!

Não cometo pecado algum e começo a trabalhar.

Vinte e seis cadernos azuis amontoam-se a meu lado, vinte e seis rapazes de cerca de catorze anos foram ontem, na aula de geografia, incumbidos de escrever uma redação. É que leciono história e geografia.

Lá fora, o sol brilha, como deve estar bom no parque! Mas ofício é dever; vou corrigir os cadernos e registrar em meu livrinho quem tem algum valor e quem não tem.

O tema prescrito pela inspetoria para a redação é: "Por que precisamos de colônias?". Sim, por quê? Digam-nos, pois!*

O sobrenome do primeiro aluno começa com B: ele se chama Bauer, o prenome é Franz. Nessa classe não há sobrenomes que começam com A, mas, em compensação, temos logo cinco que começam com B. É uma raridade ter tantos B num total de vinte e seis alunos! Dois deles, porém, são gêmeos, daí o inusitado. Leio por cima e automaticamente a lista de nomes em meu livrinho e constato que apenas os S quase alcançam o número dos B — isso mesmo, são quatro sobrenomes que

---

* Escrito em pleno nacional-socialismo, *Juventude sem Deus* se vale criticamente da linguagem e do ideário nazista em diversos pontos da narrativa. Aqui, a "necessidade de colônias" aponta para a política expansionista do "Reich". Outros exemplos disso são, logo a seguir, a frase de N sobre os negros e, ao longo da obra, as menções à guerra total, ao rádio e ao cinema como instrumentos de propaganda, aos livros proibidos, à moralidade pública, à educação para a guerra e à "regeneração" da juventude. Mais adiante, "peste", "ervas daninhas" e o conceito de "clã" são também exemplos típicos do emprego da linguagem nacional-socialista. [Esta e as demais notas de rodapé são do tradutor.]

começam com S, três com M, dois com E, G, L ou R e um com F, H, N, T, W ou Z, ao passo que nenhum deles começa com A, C, D, I, O, P, Q, U, V, X ou Y.

Pois bem, Franz Bauer, por que precisamos de colônias?

"Precisamos das colônias", ele escreve, "porque necessitamos de numerosas matérias-primas sem as quais não poderíamos suprir nossa avançada indústria de acordo com sua natureza e seus valores intrínsecos, o que teria como consequência intolerável lançar outra vez o trabalhador local no desemprego." Muito bem, meu caro Bauer! "E não se trata apenas dos operários" — e sim de quem, Bauer? —, "mas antes da totalidade do povo, porque também o operário é, em última instância, parte do povo."

Sem dúvida, temos aí, em última instância, uma grandiosa descoberta, é o que me passa pela cabeça, e de súbito me chama a atenção a frequência com que, em nossa época, verdades sábias e antiquíssimas são apresentadas como se fossem palavras de ordem formuladas pela primeira vez. Ou será que sempre foi assim?

Não sei.

No momento, só sei que, de novo, preciso ler vinte e seis redações, composições que, partindo de premissas tortas, delas extraem conclusões equivocadas. Que bom seria se "torto" e "equivocado" se anulassem, mas não é o que acontece. Caminham de braços dados e entoam frases vazias.

Como funcionário público municipal, vou me abster de tecer a menor crítica, ainda que em voz baixa, a esses cânticos adoráveis! Embora isso me doa, o que pode o indivíduo contra todos? Pode apenas irritar-se em segredo. E não quero mais me irritar!

Corrija logo as redações, você ainda quer ir ao cinema!

E o que escreve o N?

"Todos os negros são traiçoeiros, covardes e vagabundos." Quanta burrice! Vou riscar isso tudo!

E já faço menção de escrever em vermelho na margem: "Generalização absurda!" — mas me detenho. Cuidado. Já não ouvi essa afirmação sobre os negros nos últimos tempos? Onde foi? Isso mesmo: ressoando do rádio de um restaurante, o que quase me arruinou o apetite.

Por isso, deixo a frase intacta, porque aquilo que é dito no rádio professor nenhum pode corrigir no caderno do aluno.

E enquanto avanço na leitura, sigo sempre ouvindo o rádio, que sibila, urra, late, arrulha, ameaça — e os jornais, então, publicam, e as crianças copiam.

Acabei a letra T, e agora já vem o Z. E o W? Perdi o caderno dele? Não, o W estava doente ontem — pegou uma pneumonia domingo, no estádio de futebol, é verdade, o pai dele me comunicou num bilhete corretíssimo. Pobre W! E por que ir ao estádio no meio daquela chuva gelada e torrencial?

Essa é uma pergunta que, na verdade, você poderia fazer a si próprio, ocorre-me então, porque, no domingo, você também estava no estádio e persistiu fielmente até o apito final, embora o futebol oferecido por ambos os times não fosse em absoluto de primeira qualidade. Sim, foi inclusive um jogo bastante aborrecido. Por que você ficou então? E, com você, outros trinta mil pagantes?

Por quê?

Quando o ponta-direita dribla o lateral esquerdo e cruza, quando o atacante chuta a bola no espaço vazio e o goleiro se joga, quando o meia-esquerda parte da defesa e força uma jogada pela lateral, quando o defensor salva em cima da linha, quando alguém dá um empurrão desleal ou faz um gesto cavalheiresco, seja o juiz bom ou fraco, parcial ou imparcial, aí, para o espectador, nada mais existe neste mundo além do futebol, quer faça sol, chuva ou neve. Ele esquece tudo.

O que é "tudo"?

Só posso sorrir: os negros, provavelmente...

2.
Chove

Quando cheguei ao liceu na manhã seguinte e subia as escadas até a sala dos professores, ouvi um barulho terrível no segundo andar. Subi correndo e vi que cinco rapazes, E, G, R, H e T, surravam um sexto, F.
"O que estão pensando?", gritei. "Se acham que precisam brigar como alunos da escola primária, façam-me o favor de pelo menos brigar um contra um! Cinco contra um é covardia!"
Fitaram-me sem entender nada, inclusive o F, a quem os cinco atacavam. Seu colarinho estava rasgado.
"Que mal ele fez a vocês?", pergunto, mas os heróis recusam-se a falar, até mesmo o que apanhava. Só pouco a pouco descobri que o F não havia feito nada aos outros cinco, pelo contrário: os cinco é que tinham roubado seu pão com manteiga, e não para comer, mas apenas para deixá-lo sem nada. Pela janela, haviam atirado o pãozinho no pátio.
Olho lá para baixo. Lá estava ele sobre o cinza do calçamento. A chuva continua, e o pãozinho irradia um brilho claro.
Penso comigo: talvez nenhum dos cinco traga consigo um pãozinho, e o fato de o F ter o seu os tenha irritado. Mas não: todos têm seu pãozinho com manteiga, o G tem até dois. Torno a perguntar: "Então por que agiram assim?".
Eles próprios não sabem dizer. Parados à minha frente, exibem todos um sorrisinho sem graça. Sim, talvez o ser humano seja mau, o que está escrito até na Bíblia. Quando parou de chover e as águas do pecado refluíram, Deus disse: "Eu não

amaldiçoarei nunca mais a terra por causa do homem, porque os desígnios do coração do homem são maus desde a sua infância".*

Deus cumpriu sua promessa? Isso ainda não sei. Mas agora já não pergunto por que eles jogaram o pãozinho no pátio. Apenas procuro me informar se nunca ouviram falar de uma lei não escrita, de uma bela lei dos homens que, desde tempos imemoriais, há milhares e milhares de anos, desde os primórdios da civilização humana, vem se desenvolvendo com força sempre crescente: se vocês querem brigar, então briguem um contra um! Sejam sempre cavalheiros! Volto-me, então, outra vez para os cinco e pergunto: "Não sentem vergonha?".

Não, não se envergonham. Estou falando outra língua. Fitam-me espantados, apenas o que apanhou sorri. Ele ri de mim.

"Fechem a janela", digo, "senão ainda vai chover aqui dentro!"

Fecham a janela.

O que será dessa geração? Será dura ou apenas rude?

Não digo mais nada, vou para a sala dos professores. Paro na escada, à escuta: estão brigando outra vez? Não, reina o silêncio. Estão admirados.

---

* Gn 8,21. *Bíblia de Jerusalém*. São Paulo: Paulus, 2002.

3.
Os plebeus ricos

Das dez às onze, dei aula de geografia. Ao longo dessa hora, coube-me tratar da lição de casa corrigida no dia anterior e relativa à questão das colônias. Como já mencionei, não havia o que objetar quanto ao conteúdo das redações, determinado pela inspetoria.

Assim, enquanto distribuía os cadernos dos alunos, limitei-me a falar de sua sensibilidade no uso da língua, da ortografia e de questões formais. Disse a um dos B, por exemplo, que parasse de avançar sobre as margens da página, a R, que deveria escrever parágrafos mais longos e, a Z, que "colônias" levava acento circunflexo. Somente quando fui entregar a N seu caderno, não pude me conter: "Você escreve", disse-lhe, "que, do ponto de vista cultural e civilizatório, nós, brancos, somos superiores aos negros, e é possível que isso esteja correto. Mas não pode afirmar que pouco importa que vivam ou não. Afinal, os negros também são seres humanos".

Por um instante, ele me olhou fixo; depois, uma expressão desagradável atravessou-lhe o rosto. Ou eu estava enganado? Ele apanhou o caderno com a boa nota, curvou-se corretamente e voltou para sua carteira.

Eu logo ficaria sabendo que não havia me enganado.

Já no dia seguinte o pai do N apareceu em meu horário de atendimento, a que eu tinha de me dedicar uma vez por semana para o contato com os pais de meus alunos. Eles vinham se informar sobre o progresso dos filhos e se aconselhar sobre problemas educacionais de todo tipo, em geral assaz irrelevantes.

Eram honrados cidadãos, funcionários públicos, oficiais e comerciantes. Entre eles não havia operários.

Minha impressão era a de que alguns desses pais pensavam como eu no tocante ao conteúdo das redações solicitadas a seus rebentos. Mas nós apenas nos entreolhávamos, sorríamos e passávamos a conversar sobre o tempo lá fora. A maioria era mais velha que eu, um deles era um verdadeiro ancião. O mais novo fez vinte e oito há quase exatas duas semanas. Um homem elegante que, aos dezessete, seduziu a filha de um industrial. Quando vem me ver, chega sempre em seu carro esportivo. A mulher fica sentada lá embaixo e posso vê-la de cima. O chapéu, os braços, as pernas. Mais nada. Mas ela me agrada. Você também já poderia ter um filho, penso então, mas posso muito bem abster-me de pôr um filho neste mundo apenas para que seja morto em alguma guerra!

Diante de mim eu tinha agora o pai do N. Com seu caminhar autoconfiante, ele me olhava diretamente nos olhos. "Sou o pai do Otto N." "É um prazer conhecê-lo, sr. N", respondi; curvei-me, como manda o figurino, e ofereci-lhe um lugar, mas ele não se sentou. "Senhor professor", principiou, "minha presença aqui se deve a um assunto de suma importância, que, é provável, ainda há de ter sérias consequências. Meu filho, Otto, comunicou-me ontem à tarde, muito revoltado, que o senhor fez um comentário absolutamente inaudito…"

"Eu?"

"Sim, o senhor!"

"Quando?"

"Ontem, durante a aula de geografia. Os alunos escreveram uma redação sobre questões coloniais, e o senhor disse então ao Otto: os negros também são seres humanos. Por certo sabe o que quero dizer."

"Não."

E, de fato, não sabia. Ele me fitou com um olhar perscrutador. Deus do céu, como deve ser burro, pensei.

"Minha presença aqui", recomeçou ele com lentidão e ênfase, "tem por base o fato de, desde a mais tenra juventude, eu aspirar à justiça. Sendo assim, pergunto ao senhor: esse comentário nefasto sobre os negros, o senhor de fato o fez dessa forma e nesse contexto?"

"Sim", eu disse, e tive de rir: "Portanto, sua presença aqui não é em vão..."

"Perdão", interrompeu-me ele de chofre, "não estou para brincadeiras! O senhor ainda não tem claro para si o significado de um tal comentário sobre os negros?! Isso é sabotar a pátria! A mim, o senhor não engana! Conheço muito bem os caminhos secretos e as pérfidas artimanhas mediante as quais o veneno dessa sua pieguice humanitária busca solapar as almas inocentes de nossas crianças!"

Aquilo já era demais!

"Permita-me dizê-lo", exaltei-me, "está na própria Bíblia que todas as pessoas são seres humanos!"

"Quando a Bíblia foi escrita ainda não existiam colônias como as entendemos hoje", pontificou inabalável o padeiro. "A Bíblia deve ser compreendida em sentido figurado, ou entendemos suas metáforas ou não entendemos coisa nenhuma! Cavalheiro, o senhor acredita que Adão e Eva existiram em carne e osso ou apenas como metáfora?! Pois então! O senhor não vai se safar valendo-se do bom Deus, não vou permitir!"

"Não lhe cabe permitir ou não coisa nenhuma", eu disse, despedindo-me e conduzindo-o até a porta. Eu o estava mandando embora. "Nos vemos em Filipos!", ele ainda gritou para mim antes de desaparecer.*

---

* O padeiro quer apenas dizer que a questão ainda não está decidida, mas, para tanto, ostenta uma erudição muito além da que possui. A referência à Antiguidade romana o vincula ao ideário nacional-socialista. A Batalha de Filipos, em 42 a.C., opôs Otaviano, o jovem herdeiro de Júlio César, e Marco Antônio, de um lado, a Bruto e Cássio, assassinos de César, do outro. O combate, relatado por Plutarco em *Vidas paralelas*, figura também no *Júlio César* de Shakespeare (ato IV, cena 3).

Dois dias mais tarde, lá estava eu em Filipos.

O diretor havia mandado me chamar. "Escute", disse-me ele, "chegou aqui um documento da inspetoria. Um certo padeiro, N, queixou-se do senhor, que teria feito determinados comentários. Bem, eu conheço isso e sei como acontecem essas reclamações, o senhor não precisa me explicar nada! Contudo, caro colega, é minha obrigação chamar sua atenção para que isso não se repita. O senhor está se esquecendo da circular confidencial 5679 u/33! Temos de afastar da juventude tudo aquilo que, de alguma maneira, possa vir a prejudicar suas futuras capacidades militares, e isso significa: precisamos educá-la moralmente para a guerra. Ponto-final!"

Olhei para o diretor, e ele sorriu, adivinhando meus pensamentos. Depois, levantou-se e pôs-se a andar de um lado para outro. É um velho simpático, pensei.

"O senhor se admira", disse então de repente, "por eu estar trombeteando a guerra, e tem razão em se admirar! Deve estar pensando: eis o homem! Há poucos anos, assinava inflamadas mensagens pela paz, e hoje? Hoje, arma-se para a batalha!"

"Eu sei que o senhor só o faz porque é pressionado", busquei tranquilizá-lo.

Ele me ouviu, deteve-se diante de mim e pôs-se a contemplar-me com atenção. "Meu jovem", disse-me, sério, "entenda bem: não há pressão alguma. Eu poderia contrapor-me ao espírito da época e me deixar trancafiar por um padeiro. Poderia ir-me embora, mas não quero ir; não, senhor, não quero! O que quero é atingir o limite de idade para poder receber a aposentadoria integral."

Muito edificante, pensei comigo.

"O senhor me toma por um cínico", prosseguiu ele, lançando-me agora um olhar bastante paternal. "Mas não! Todos nós, que almejávamos alçar-nos a alturas maiores da humanidade, nos esquecemos de uma coisa: o momento. O momento em que vivemos! Meu caro colega, quem viu tanto quanto eu vi compreende pouco a pouco a essência das coisas."

É fácil para o senhor dizer isso, pensei comigo: afinal, ainda viveu os belos dias anteriores à guerra. Mas e eu? Só no último ano da guerra amei pela primeira vez, e não me pergunte o quê.

"Vivemos num mundo plebeu", disse-me ele com tristeza. "Pense na Roma antiga, de 287 a.C. A luta entre os patrícios e os plebeus ainda não estava decidida, mas os plebeus já haviam ocupado os mais importantes postos estatais."

"Permita-me, senhor diretor", ousei objetar, "tanto quanto sei, somos governados não por pobres plebeus, e sim única e exclusivamente pelo dinheiro."

Ele me olhou espantado e riu-se à socapa. "É verdade. Mas vou lhe reprovar em história, senhor professor de história! O senhor se esquece por completo de que havia plebeus ricos também. Lembra-se?"

Eu me lembrava, claro! Os plebeus ricos abandonaram o povo e, com os patrícios já algo decadentes, formaram a nova aristocracia, os chamados optimates.

"Pois então não torne a esquecer!"

"Não."

4.
O pão

Quando entro na sala para a aula seguinte naquela mesma classe em que me permitira dizer algo sobre os negros, sinto de imediato que alguma coisa não está em ordem. Terão os cavalheiros lambuzado minha cadeira com tinta? Não. Então por que me olham com maldosa satisfação?

Um dos alunos levanta a mão. O que é que há? Ele vem até mim, curva-se de leve, entrega-me uma carta e retorna para seu lugar.

O que é isto?

Abro a carta, passo os olhos por ela, já quase me exalto, mas controlo-me e finjo lê-la com atenção. Sim, todos a assinaram, os vinte e cinco, porque o W segue doente.

"Não queremos mais", diz a carta, "ter aulas com o senhor, em quem, depois do ocorrido, nós, abaixo-assinados, perdemos a confiança, razão pela qual solicitamos outro professor."

Contemplo os abaixo-assinados, um por um. Calados, eles não olham para mim. Reprimo minha agitação e pergunto, como se de passagem: "Quem escreveu isto?".

Ninguém se manifesta.

"Não sejam tão covardes!"

Nem se mexem.

"Muito bem", digo, levantando-me, "tampouco me interessa saber quem escreveu, porque, afinal, todos assinaram. Pois bem, não sinto a menor vontade de dar aulas para uma classe que não confia em mim. Mas, creiam, sempre o fiz de acordo com minha consciência..." — e aí me detive, porque de repente notei que um deles escrevia algo debaixo da carteira.

"Você aí, o que está escrevendo?"

Ele faz menção de esconder o papel.

"Dê aqui!"

Tomo dele o escrito, e ele abre um sorriso sarcástico. Trata-se de uma folha de papel na qual estenografava cada uma de minhas palavras.

"Ah, estão me vigiando?"

Dão, todos eles, um sorrisinho.

Pois sorriam, eu os desprezo. Por Deus, não tenho mais nada a fazer aqui. Que venha outro atracar-se com vocês!

Vou até o diretor, relato o ocorrido e peço que me designe outra classe. Ele sorri: "O senhor acha que as outras são melhores?". Depois, acompanha-me de volta à mesma sala de aula. Enfurece-se, grita, xinga os alunos — um ator magnífico! Um descaramento, ele berra, vilania pura, os patifes não têm o direito de exigir outro professor! O que estão pensando, será que ficaram loucos etc.? Em seguida, deixa-me outra vez sozinho na sala.

Ali estão todos, sentados à minha frente. Eles me odeiam. Querem me arruinar, minha existência e tudo o mais, e só porque não suportam o fato de que um negro também é um ser humano. Vocês nem humanos são!

Mas esperem só, amigos! Não vou sofrer uma pena disciplinar por causa de vocês, e menos ainda perder meu ganha-pão. Querem que eu não tenha o que comer, é isso? Que não tenha o que vestir, o que calçar? Que não tenha um teto? Achariam muito conveniente, não é? Não, de agora em diante só vou dizer que não existem seres humanos além de vocês, e vou repetir isso até que sejam tostados pelos negros! Afinal, vocês não querem outra coisa!

5.
A peste

Naquela noite, não conseguia ir dormir. Via apenas as palavras estenografadas — sim, querem me aniquilar.

Fossem eles índios, me amarrariam a uma estaca e me escalpelariam, e o fariam, aliás, de consciência tranquila.

Estão convencidos de que têm razão.

São um bando pavoroso!

Ou será que não os compreendo? Já estou velho demais com meus trinta e quatro anos? O abismo entre nós é mais fundo do que o habitual entre gerações?

Hoje, creio que ele é intransponível.

Que esses rapazes neguem tudo que me é sagrado nem é o pior. O pior é como o fazem, ou seja, sem o menor conhecimento. E pior ainda é que não queiram aprender!

Odeiam o pensamento.

Estão pouco ligando para os seres humanos! Querem ser máquinas, parafusos, engrenagens, pistões, correias. E, mais ainda do que máquinas, querem ser munição: bombas, projéteis, granadas. Como gostariam de se acabar em algum campo de batalha! Ver seu nome num monumento aos mortos da guerra é seu sonho da puberdade.

Mas espere! Essa disposição ao máximo sacrifício não é uma grande virtude?

Quando em prol de algo justo, com certeza...

Mas do que se trata aqui?

"Justo é aquilo que beneficia o próprio clã", diz o rádio. O que não nos faz bem é injusto. Tudo é permitido, portanto, o assassinato, o roubo, os incêndios, o perjúrio — e não só permitido: não existe crime quando ele é cometido no interesse do próprio clã! O que é isso?

O ponto de vista do criminoso.

Quando os plebeus ricos da antiga Roma passaram a temer que o povo pudesse impor sua demanda de que aliviassem os impostos, eles se refugiaram na ditadura. Condenaram à morte por alta traição o patrício Mânlio Capitolino, que, com sua fortuna, pretendera libertar de suas dívidas os plebeus endividados, e o atiraram do alto da rocha Tarpeia.

Desde o seu surgimento, a sociedade humana não pode renunciar ao crime, quando se trata de sua autopreservação. Mas os crimes eram silenciados, abafados, porque motivo de vergonha.

Hoje, são motivo de orgulho.

Trata-se de uma peste.

Estamos todos contaminados, amigos e inimigos. Nossas almas estão repletas de bubões negros, logo vão morrer. Seguiremos vivendo e, no entanto, estaremos mortos.

Também minha alma já está fraca. Quando leio no jornal que um deles morreu, penso: "É pouco! Não é o bastante!".

Pois não pensei ainda hoje: "Que morram todos"?

Não, agora não quero seguir pensando! Lavo as mãos e vou a um café. Lá tem sempre alguém com quem jogar xadrez! Só quero sair do meu quarto! Ar puro!

As flores que ganhei de aniversário de minha senhoria murcharam. Vão virar estrume.

Amanhã é domingo.

No café não tem ninguém que eu conheça. Ninguém.

O que fazer?

Vou ao cinema.

No noticiário da semana vejo os plebeus ricos. Eles inauguram monumentos a si próprios, lançam pedras fundamentais e passam em revista seus guarda-costas. Depois vem um ratinho que derrota os gatos enormes e, em seguida, uma história policial cheia de suspense e com muitos tiros, para que o bem possa triunfar.

Quando saio do cinema já é noite.

Mas não vou para casa. Tenho medo do meu quarto.

Do outro lado tem um bar, vou beber alguma coisa ali, se o bar for barato.

Ele não é caro.

Entro. Uma senhorita deseja me fazer companhia.

"Sozinho assim?", ela pergunta.

"Sim", sorrio, "infelizmente..."

"Posso me sentar a seu lado?"

"Não."

Ela se retira, ofendida. Eu não queria magoá-la, senhorita. Não fique brava comigo, mas estou sozinho.

6.
A era de peixes

Depois de beber a sexta aguardente, penso comigo que deveriam inventar uma arma capaz de anular o efeito de todas as outras; de certo modo, portanto, o contrário de uma arma — ah, fosse eu inventor, quanta coisa não inventaria! Como seria feliz o mundo!

Mas não sou inventor, e quanto perderia o mundo, caso eu jamais tivesse visto a luz do dia? O que diria o sol a esse respeito? E quem moraria, então, em meu quarto?

Não faça perguntas tão tolas, você está bêbado! E está neste mundo. O que mais você quer, se não tem nem como saber se seu quarto ao menos existiria, caso não tivesse nascido? Talvez sua cama ainda fosse uma árvore! Pois então! Tenha vergonha, seu burro velho, em vez de fazer essas perguntas com ares metafísicos, como um escolar do passado que ainda nem entendeu bem o que é o amor! Não investigue o oculto, beba logo sua sétima aguardente!

Bebo, sigo bebendo... Minhas senhoras e meus senhores, eu não amo a paz! Desejo a nós todos a morte! Mas não uma morte simples, e sim uma morte complicada; deveriam trazer de volta a tortura; sim, senhor, a tortura! Não há como extrair confissões de culpa em quantidade suficiente, porque o homem é mau!

Depois da oitava aguardente, faço ao pianista um aceno amigável, embora sua música tenha me desagradado muitíssimo até a sexta dose. Nem sequer notei que um cavalheiro à minha frente já havia me abordado duas vezes. Somente na terceira eu o vi.

Reconheci-o de imediato.

Era nosso Júlio César.

Outrora respeitado colega, professor de grego e latim no liceu feminino, meteu-se numa terrível enrascada. Envolveu-se com uma aluna menor de idade e foi preso. Por um bom tempo, ninguém mais o viu, até que ouvi dizer que vendia todo tipo de quinquilharia de porta em porta. Usava um grande alfinete na gravata que chamava atenção, uma caveira em miniatura contendo uma lampadazinha minúscula ligada a uma bateria que levava no bolso. Quando pressionava um botão, uma luz vermelha acendia-se nas órbitas da caveira. Era sua brincadeira. Uma existência perdida.

Já não me lembro como foi que, de repente, ele viera sentar-se a meu lado e nos enredamos num acalorado debate. Sim, eu estava muito bêbado e só me lembro de fragmentos isolados da conversa...

Júlio César diz: "O que o senhor está dizendo, prezado colega, não passa de patacoada imatura! Está na hora de o senhor conversar com alguém que não espera mais nada e que, portanto, com um olhar desimpedido, compreende perfeitamente as mudanças geracionais! Feitas as contas, nós dois pertencemos a gerações diversas, e os moleques da sua classe formam uma outra geração; somando tudo, temos, portanto, três gerações. Eu tenho sessenta, o senhor tem cerca de trinta anos, e os moleques, por volta de catorze. Preste atenção! Decisivas para as atitudes de toda uma vida são as experiências que temos na puberdade, em particular quando se trata do sexo masculino".

"Não me aborreça", eu disse.

"Ainda que eu o esteja aborrecendo, ouça-me bem, ou eu fico maluco! Pois bem, o problema principal e único da puberdade na minha geração era a fêmea, ou seja, a mulher que não conseguíamos. Porque antes ainda não era como hoje. Por isso, nossa experiência mais marcante naqueles dias era a autossatisfação, bem como todas as antigas sequelas a ela atribuídas; o medo, por exemplo, de consequências prejudiciais à saúde e por aí vai, um medo que, por infelicidade, só mais tarde se revelaria completamente absurdo. Em outras palavras: tropeçamos nas fêmeas e caímos no meio de uma guerra mundial. Quanto a sua puberdade, colega, aí a guerra já estava em pleno curso. Não havia homens, e as mulheres tornaram-se mais solícitas. Sua geração nem precisou pensar em si própria; subnutrido, o mundo feminino precipitou-se sobre o despertar da primavera dos senhores. Para sua geração, a mulher já não era uma santa, razão pela qual ela jamais vai satisfazê-los por completo, uma vez que, nos recônditos mais profundos da alma, os senhores anseiam pela pureza, pelo sublime, pelo inalcançável — em outras palavras, pela autossatisfação. Nesse caso, as mulheres tropeçaram nos jovens senhores e caíram na masculinização."

"O colega é um obcecado por sexo."

"Como assim?"

"Contempla toda a criação de um ponto de vista sexual. De fato, essa é uma característica da sua geração, sobretudo na sua idade — mas o senhor não passa o tempo todo na cama! Levante-se, abra um pouco a cortina, deixe entrar a luz e contemple comigo o mundo lá fora!"

"E o que vemos lá fora?"

"Nada de belo, mas ainda assim!"

"A mim me parece que o senhor é um romântico dissimulado! Não me interrompa mais, eu lhe peço! Sente-se! Chegamos agora à terceira geração, ou seja, aos que hoje têm catorze anos. Para eles, a mulher já não representa problema nenhum, porque não existem mais mulheres de verdade, apenas monstros que estudam, remam, fazem ginástica e marcham! Não chama sua atenção que as mulheres tenham ficado cada vez menos atraentes?"

"O senhor tem uma visão limitada!"

"Quem é que vai se encantar com uma Vênus carregando uma mochila? Eu é que não! Sim, a infelicidade da juventude de hoje é que ela não vive mais uma puberdade apropriada, seja do ponto de vista erótico, político, moral etc. Tudo isso se misturou, se mesclou, tudo numa mesma panela! Além disso, muitas derrotas foram comemoradas como vitórias, com demasiada frequência os sentimentos mais íntimos da juventude foram direcionados para algum bicho-papão, ao passo que, por outro lado, ela se sente demasiado confortável: só precisa reproduzir as imbecilidades que ouve no rádio para obter as melhores notas. Mas ainda há exceções, graças a Deus!"

"Que exceções?"

Temeroso, ele olhou em torno, curvou-se até muito próximo de mim e disse bem baixinho: "Conheço uma dama cujo filho está cursando o secundário. Chama-se Robert e tem quinze anos. Há pouco tempo, leu certo livro em segredo — não, não era um livro erótico, e sim uma obra niilista. Chama-se *Sobre a dignidade da vida humana* e é livro proibidíssimo".

Entreolhamo-nos. E seguimos bebendo.

"Então o senhor acha que alguns leem em segredo?"

"Eu sei que o fazem. Um círculo se reúne em casa dessa dama, que muitas vezes fica completamente fora de si. Os garotos leem tudo. Mas leem apenas com o propósito de zombar. Vivem num paraíso da idiotice, seu ideal é o escárnio. Tempos gélidos se avizinham, a era de peixes."

"Peixes?"

"Sou apenas um astrólogo amador, mas a Terra gira rumo à constelação de Peixes. Aí a alma humana se tornará tão imóvel quanto o semblante de um peixe."

E isso foi tudo que guardei de meu longo debate com Júlio César. Além disso, só sei que, enquanto falava, ele não parava de acender sua caveira, a fim de me irritar. O que não me permiti, embora estivesse muito bêbado.

Depois, acordei num quarto estranho. Estou deitado numa cama que não é a minha. Está escuro e ouço a respiração tranquila de outra pessoa. Ah, é uma mulher. Está dormindo. Você é loira, negra, morena ou ruiva? Não me lembro. Que aspecto tem? Devo acender a luz?

Não, continue dormindo.

Com cuidado, levanto-me e vou até a janela.

É noite alta ainda. Não vejo nada. Nenhuma rua, nenhum edifício. Só neblina. O brilho da luz de um poste cai sobre a névoa, que então parece água. Como se minha janela ficasse submersa.

Paro de olhar lá para fora.

Do contrário, os peixes vão nadar para perto da janela e olhar aqui para dentro.

7.
O goleiro

Quando cheguei em casa, de manhã, minha senhoria já me aguardava. Estava muito agitada. "Tem um senhor aí", disse-me, "que o aguarda já faz vinte minutos. Sentei-o na sala de visitas. Onde o senhor estava?"

"Em casa de conhecidos. Moram fora da cidade, e eu perdi o último trem. Por isso passei a noite fora."

Entrei na sala de visitas.

Ao lado do piano, lá estava um homenzinho modesto. Folheava o livro de partituras, e eu não o reconheci de imediato. Tinha os olhos vermelhos. Não havia dormido, passou-me pela cabeça. Ou tinha chorado? "Sou o pai do W", ele disse. "Senhor professor, o senhor precisa me ajudar, aconteceu algo terrível! Meu filho vai morrer!"

"O quê?!"

"Sim, ele pegou um resfriado horrível oito dias atrás, no estádio de futebol, e o médico acha que só um milagre poderia salvá-lo, mas milagres não existem, senhor professor. A mãe ainda não sabe, até agora não tive coragem de contar para ela — meu filho só passa parte do tempo consciente, senhor professor; no mais, vive tendo apenas delírios febris, mas, quando está consciente, sempre pede muito para ver uma pessoa..."

"Eu?"

"Não, não é o senhor, senhor professor, ele gostaria de ver o goleiro, o jogador que parece ter atuado tão bem no domingo passado; é seu ideal! E eu pensei comigo que o senhor talvez saiba onde posso encontrar esse goleiro. Se pedirmos, talvez ele venha."

"Eu sei onde ele mora", respondi, "e vou falar com ele. Vá para casa, meu senhor, eu levo o goleiro até lá."

E ele se foi.

Troquei-me com rapidez e parti também. Fui até o goleiro.

Ele mora perto de mim. Conheço sua loja de artigos esportivos, administrada pela irmã.

Como era domingo, estava fechada. Mas o goleiro mora no mesmo edifício, no terceiro andar.

Naquele momento, tomava seu café da manhã. O cômodo estava cheio de troféus. Dispôs-se a vir comigo de imediato. Deixou de lado inclusive o café da manhã e desceu correndo a escada, à minha frente. Pegou um táxi para nós dois e nem me deixou pagar.

Na porta do edifício, recebeu-nos o pai do garoto. Parecia ter se tornado ainda menor. "Ele não está consciente", disse baixinho, "e o médico está com ele, mas entrem, meus senhores! Agradeço muito ao senhor, senhor goleiro!"

O quarto estava na penumbra, a cama larga a um canto. Deitado nela, o rapaz. Sua cabeça estava muito vermelha e ocorreu-me que ele era o menorzinho da classe. Sua mãe também era baixinha.

O goleiro, um homem alto, ficou parado, constrangido. Ali estava, pois, um de seus mais fiéis admiradores. Um dos muitos milhares que o aclamam, um dos que gritam mais alto, que conhecem sua biografia, que lhe pedem autógrafos, que gostam tanto de ficar sentados atrás do gol e que ele volta e meia manda afastar dali. Quieto, o goleiro sentou-se ao lado da cama e pôs-se a contemplar o rapaz.

A mãe curvou-se sobre a cama. "Heinrich", chamou, "o goleiro está aqui."

O menino abriu os olhos e o viu. "Que bom", sorriu.

"Eu vim", disse o goleiro, "porque você queria me ver."

"Quando vão jogar contra a Inglaterra?", o garoto perguntou.

"Só Deus sabe", disse o goleiro. "Estão brigando na federação, e as autoridades esportivas se meteram no meio! Estamos com dificuldade para acertar uma data. Acho que vamos jogar primeiro contra a Escócia."

"Contra a Escócia é mais fácil..."

"Opa! Os escoceses chutam muito rápido e de todo lugar."

"Conte-me, conte-me mais!"

E o goleiro pôs-se a contar. Falou de vitórias que se tornaram famosas e de derrotas imerecidas, de juízes rigorosos e bandeirinhas corruptos. Depois, levantou-se, apanhou duas cadeiras, delimitou com elas o gol e demonstrou como, certa vez, defendera dois pênaltis seguidos. Mostrou a cicatriz na testa que lhe rendera uma defesa ousada em Lisboa. Falou de países distantes nos quais guardara sua meta sagrada; da África, onde os beduínos sentam-se na arquibancada com seus fuzis; e da bela ilha de Malta, onde o campo infelizmente é de pedra...

E, enquanto o goleiro contava aquelas histórias, o pequeno W adormeceu. Com um sorriso de felicidade no rosto, tranquilo e em paz...

O enterro teve lugar numa quarta-feira, à uma e meia da tarde. O sol de março brilhava, a Páscoa já não estava distante.

Estávamos postados em torno da cova. Já haviam baixado o caixão.

O diretor e quase todos os professores estavam presentes, menos o de física, um excêntrico. O padre fez a oração fúnebre, os pais e alguns parentes permaneciam ali, imóveis. E, formando um semicírculo à nossa frente, estavam os colegas do falecido, a classe inteira, todos os vinte e cinco.

Ao lado do túmulo, as flores. Uma bela coroa dizia numa fita verde e amarela: "Um último adeus do seu goleiro".

E, enquanto o padre falava da flor que brota e se quebra, descobri o N.
Estava atrás do L, do H e do F.
Eu o observava. Nada se movia em seu semblante.
Então ele olhou para mim.
É meu inimigo mortal, pensei. Vê em mim um corruptor. Imagine quando ficar mais velho! Aí vai destruir tudo, até mesmo os escombros de minhas lembranças.
O desejo dele é que fosse eu lá embaixo. E vai acabar com meu túmulo também, para que ninguém saiba que um dia existi.
Não dê a perceber que sabe o que ele pensa, passou-me de repente pela cabeça. Guarde seus ideais modestos para você, porque outros virão depois do N, outras gerações — não creia, amigo N, que você vai sobreviver a meus ideais! Talvez sobreviva a mim.
E enquanto eu assim pensava, senti que outro me olhava fixo além do N. Era o T.
Ele sorria baixinho, superior e zombeteiro.
Terá adivinhado meus pensamentos?
Seguia sorrindo com estranha rigidez.
Dois olhos claros e redondos me contemplam. Sem nenhum brilho, nenhum fulgor.
Um peixe?

8.
A guerra total

Três anos atrás, a inspetoria baixou uma diretiva que, em certo sentido, cancelava as habituais férias da Páscoa. Determinava, assim, a todas as escolas secundárias que, em seguida ao domingo de Páscoa, os alunos fossem acampar. Entendia-se por "acampamento" uma espécie de treinamento pré-militar. Os alunos tinham de, com suas classes, partir por dez dias para a natureza para ali, ao ar livre, acampar em barracas como os soldados, sob a supervisão de seus professores. Eram, então, treinados por sargentos aposentados, precisavam fazer exercícios militares, marchar e, a partir dos catorze anos, treinar tiro também. Claro que o faziam com entusiasmo, e nós, os professores, nos alegrávamos da mesma forma, porque também gostamos de brincar de índio.

Assim, na terça-feira posterior ao domingo de Páscoa, os habitantes de uma aldeia remota puderam ver aproximar-se um portentoso ônibus. O motorista buzinava como se fossem os bombeiros chegando; gansos e galinhas fugiam, horrorizados, os cachorros latiam, uma correria generalizada. "Os meninos chegaram! Os garotos da cidade!" Partíramos do liceu às oito da manhã e, às duas e meia da tarde, parávamos diante da prefeitura.

O prefeito nos saúda, o delegado de polícia bate continência. O professor da aldeia naturalmente está a postos, e já o padre corre em nossa direção — atrasara-se, um senhor simpático e roliço.

O prefeito me mostra no mapa onde fica nosso acampamento. Caminhando sem pressa, a cerca de uma hora de distância. "O sargento já está lá", diz o delegado, "e dois soldados levaram as lonas das barracas numa viatura militar, logo de manhã, bem cedo!"

Enquanto os rapazes desembarcam e reúnem sua bagagem, sigo contemplando o mapa: a aldeia está setecentos e sessenta e um metros acima do nível do mar distante, estamos já bem próximos das grandes montanhas, todas na casa dos dois mil metros de altura. Mas é somente atrás destas que ficam as grandes de fato, escuras, sempre nevadas.

"O que é isto?", pergunto ao prefeito, apontando para um complexo no mapa, no extremo oeste da aldeia. "É nossa fábrica", ele responde, "a maior serraria deste distrito, infelizmente desativada no ano passado. Por razões de rentabilidade", ele ainda acrescenta e sorri. "Agora, temos muitos desempregados, uma penúria."

O professor local se imiscui na conversa, me explica que a serraria pertence a um conglomerado, e noto que ele não simpatiza com acionistas e conselhos de administração. Eu também não. A aldeia é pobre, ele me informa, metade dela vive do trabalho que consegue fazer em casa a troco de uma remuneração miserável e revoltante, um terço das crianças são subnutridas... "Sim, sim", sorri o delegado, "e tudo isso em plena beleza natural!"

Antes de partirmos para o acampamento, o padre ainda me puxa de lado e diz: "Escute, senhor professor, eu só gostaria de chamar a atenção do senhor para um detalhe: a uma hora e meia de seu acampamento, há um castelo que o Estado adquiriu e que no momento hospeda moças mais ou menos da idade de seus rapazes. Elas circulam por ali o dia inteiro e por metade da noite também. Preste um pouco de atenção para que ninguém venha se queixar comigo", ele sorri.

"Vou ficar atento."

"Não me leve a mal", ele prossegue, "mas, depois de trinta e cinco anos de confessionário, a gente fica cético em se tratando de hora e meia de distância." O padre ri. "Venha me visitar uma hora dessas, senhor professor, acabo de receber um excelente vinho novo!"

Às três horas da tarde, partimos em marcha. Primeiro, por um desfiladeiro; depois, subindo uma encosta à direita. Uma subida em caracol. Vemos o vale lá embaixo. Ele cheira a resina, a floresta é longa. Por fim, clareia um pouco: diante de nós, a pradaria, nosso destino. Aproximamo-nos mais e mais das montanhas.

O sargento e os dois soldados estão sentados nas lonas e jogam baralho. Ao nos ver, levantam-se depressa, e o sargento põe-se em posição de sentido diante de mim. Um homem de cerca de cinquenta anos, da reserva. Está usando óculos simples, com certeza não é má pessoa.

E chega, então, a hora de trabalhar. O sargento e os soldados mostram aos jovens como montar barracas, no que também ajudo. No centro do acampamento, deixamos livre um retângulo e ali içamos nossa bandeira. Três horas mais tarde, está pronta nossa cidadela. Os soldados batem continência e descem para a aldeia.

Ao lado do mastro da bandeira vê-se um grande caixote: dentro dele estão os fuzis. Os alvos são montados: soldados de madeira vestindo uniforme estrangeiro.

Escurece, acendemos o fogo e cozinhamos. A comida nos cai bem e nos pomos a cantar canções de soldados. O sargento toma uma aguardente e fica rouco.

Agora sopra o vento das montanhas.

"Vem das geleiras", dizem os rapazes, tossindo.

E eu penso no W, morto.

Sim, você era o menorzinho da sala, e o mais simpático. Creio que seria o único a não escrever nada contra os negros. Também por isso precisou partir. Onde está você agora?

Um anjo veio buscá-lo, como nos contos de fadas?

Levou-o, voando, até o lugar onde jogam os saudosos futebolistas? Onde também o goleiro é um anjo, e sobretudo o juiz que apita quando alguém voa atrás da bola? Sim, porque, no céu, isso é impedimento. Arrumou um bom lugar para sentar? Claro! Aí em cima, sentam-se todos na tribuna, primeira fileira, bem no meio do campo, ao passo que aqueles malvados que sempre expulsavam você de detrás do gol agora ficam em pé atrás de verdadeiros gigantes, nem conseguem ver o campo.

Anoitece.

Vamos dormir. "Amanhã começaremos a sério!", diz o sargento.

Ele dorme na mesma barraca que eu.

Ronca.

Acendo de novo minha lanterna para ver que horas são e, ao fazê-lo, descubro uma mancha marrom-avermelhada a meu lado, na lona da barraca. O que é isto?

E penso comigo que amanhã começa a sério. Sim, a sério. Num caixote ao lado do mastro da bandeira está a guerra. Sim, a guerra.

Estamos no campo.

E penso nos dois soldados, no sargento da reserva ainda obrigado a comandar e nos soldados de madeira com os quais se aprende a atirar; vem-me à mente o diretor, o N e seu pai, o senhor padeiro em Filipos; e penso na serraria que não serra mais, nos acionistas, que, apesar disso, ganham ainda mais dinheiro, no policial que sorri, no padre que bebe, nos negros, que não precisam viver, nos que trabalham em casa e não têm do que viver, na inspetoria e nas crianças subnutridas. E nos peixes.

Estamos todos postados no campo. Mas onde está a frente de batalha?

Sopra o vento noturno, o sargento ronca.

Que mancha é esta, marrom-avermelhada?

Sangue?

9.
Vênus em marcha

O sol nasce, nós nos levantamos. Lavamo-nos no riacho e fazemos chá. Depois do desjejum, o sargento manda os rapazes formarem duas fileiras por ordem de tamanho, uma atrás da outra. Os garotos se organizam, ele os divide em pelotões e grupos. "Hoje, ainda não vamos atirar", diz, "só vamos fazer alguns exercícios!"

O sargento então verifica com rigor se as fileiras estão retilíneas. Fecha um olho: "Um pouco mais para a frente, para trás — principalmente o terceiro lá atrás, que está um quilômetro à frente!". Esse terceiro é o Z. Admira-me aquela dificuldade para alinhá-lo, e de repente ouço a voz do N, que grita com o Z: "Para cá, idiota!".

"Não, não, não", intervém o sargento, "nada de grosserias! Houve um tempo em que se xingavam os soldados, mas hoje essas ofensas não são mais toleradas, lembre-se disso, está bem?!"

O N se cala. Fica vermelho e me fita de relance. Seria capaz de me esganar agora mesmo, sinto, porque cometeu uma rata. Isso me alegra, mas eu não sorrio.

"Regimento, marche!", ordena o sargento, e lá se vai ele, o regimento. Na frente, os grandões; atrás, os baixinhos. Logo desaparecem na floresta.

Dois ficaram comigo no acampamento, um M e um B. Eles descascam batatas e preparam a sopa. Descascam-nas com mudo entusiasmo.

"Senhor professor!", chama de súbito o M, "veja só quem vem lá!" Olho e vejo cerca de vinte moças que, em ordem militar, marcham em nossa direção; carregam pesadas mochilas e, quando chegam mais perto, ouvimos que estão cantando. Cantam canções de soldados com seus trilos de soprano. O B ri alto.

Agora, ao ver nosso acampamento, elas se detêm. A líder do grupo fala às moças e, depois, vem sozinha em nossa direção. São cerca de duzentos metros. Vou ao seu encontro.

Nós nos apresentamos, ela é professora numa cidade maiorzinha, e as moças são da sua classe. Agora, estão hospedadas num castelo; são, portanto, aquelas sobre as quais o senhor padre me advertira. Acompanho minha colega em seu caminho de volta, as moças me olham fixo como vacas no pasto. Não, o senhor padre não tem com que se preocupar, porque, dizendo-o com toda a sinceridade e justiça, essas criaturas não têm lá aspecto muito convidativo!

Suadas, sujas e descuidadas, elas não propiciam visão aprazível ao observador.

A professora parece adivinhar meus pensamentos; ao menos no que se refere a ler pensamentos, segue sendo uma mulher e me explica o seguinte: "Não damos importância a adornos e futilidades. Valorizamos mais o princípio do desempenho do que a aparência".

Não quero discutir com ela o valor ou desvalor dos princípios. Digo apenas: "Ah!", e penso comigo que, diante daquelas pobres criaturas, até mesmo o N ainda é um ser humano.

"É que somos amazonas", a professora continua. Mas as amazonas são apenas uma lenda, penso, ao passo que vocês são, infelizmente, uma realidade. Filhas desencaminhadas de Eva!

Júlio César vem-me à mente.

É incapaz de encantar-se com uma Vênus portando mochila. Eu tampouco...

Antes de dar continuidade à marcha, a professora ainda me explica que, agora de manhã, as moças estão em busca do piloto desaparecido. Como assim? Caiu um avião? Não, "procurar o piloto desaparecido", ela diz, é apenas um novo exercício militar para a juventude feminina. Esconde-se um grande pedaço branco de papelão na mata, e as moças vasculham-na em formação dispersa, atrás do papelão oculto. "Foi pensado para o caso de uma guerra", ela esclarece, "para que possamos entrar em ação de imediato, caso um avião caia. Na retaguarda, é claro, uma vez que mulheres infelizmente não são admitidas na linha de frente."

Infelizmente!

Em seguida, elas dão continuidade a sua marcha militar. Eu as acompanho com os olhos. De tanto marchar, suas pernas curtas foram ficando mais curtas. E mais gordas.

Pois sigam em marcha, mães do futuro!

10.
Ervas daninhas

Suave é o céu, pálida a terra. O mundo é uma aquarela intitulada "Abril".

Contorno o acampamento e, depois, sigo por uma trilha no campo. O que tem ali, além da colina?

O caminho faz uma grande curva, afasta-se da mata. O ar está calmo como a paz eterna. Nada murmura, nada zumbe. A maioria dos besouros ainda dorme.

Atrás da colina, num vale, há uma solitária propriedade rural. Não se vê ninguém. Até o cachorro parece ter ido embora. Faço menção de descer até lá, mas detenho-me involuntariamente, porque, de súbito, vejo três figuras por trás da sebe, no caminho estreito que passa pela propriedade. São jovens escondidos, dois rapazes e uma moça. Os rapazes têm por volta de treze anos; a moça talvez seja dois anos mais velha. Estão descalços. O que fazem ali? Por que se escondem? Espero. Agora, um dos rapazes se levanta e vai em direção à casa, mas, de repente, se assusta e, depressa, torna a se esconder atrás da sebe. Ouço o matraquear de um carro. Uma carroça puxada por dois cavalos pesados passa devagar. Quando ela desaparece, o rapaz vai de novo na direção da casa, aproxima-se da porta e bate. Deve ter batido com um martelo, penso comigo, de tão alto que a batida ressoa. Põe-se, então à escuta, assim como os outros dois. A moça se levantou e espia por cima da sebe. É alta e esbelta, passa-me pela cabeça. O rapaz torna a bater, ainda mais alto. Então, a porta se abre e aparece uma velha camponesa curvada sobre uma bengala. Ela olha em torno como se farejasse. O rapaz não emite um único som. De repente, a velha grita: "Quem está aí?". Por que grita, se o rapaz está diante dela? E torna a gritar: "Quem está aí?". Tateando com a bengala, ela passa por ele, parece não o ver — será cega? A moça aponta para a porta aberta, como se fosse uma ordem, e o rapaz esgueira-se na ponta dos pés para dentro da casa. A velha se detém, escuta. Sim, é cega. Um tinido provém lá de dentro, como se um prato tivesse se quebrado. Assustada, a velha cega estremece e começa a gritar: "Socorro! Socorro!" — ao que a moça se precipita sobre ela e tapa-lhe a boca, enquanto o rapaz reaparece na porta com um pão inteiro e um jarro; a moça golpeia a bengala, arrancando-a da mão da velha — eu disparo lá para baixo. A velha cega balança, tropeça e cai, os três jovens desapareceram.

Ponho-me a cuidar da velha, que geme. Um camponês chega correndo, ouviu os gritos e me ajuda. Nós levamos a mulher para dentro da casa, e eu relato ao camponês o que vi. Ele não se surpreende muito: "Sim, eu sei, atraíram a senhora para fora de casa a fim de poder entrar pela porta aberta. É sempre a mesma corja, só que ninguém consegue apanhá-la. Roubam feito corvos, um bando inteiro de corvos!".

"Crianças?!"

"É", confirma o camponês, "também já roubaram lá no castelo onde estão as moças. Não faz muito tempo, levaram metade da roupa lavada. Tome cuidado para que não façam uma visita ao acampamento do senhor."

"Não, não! Nós tomamos cuidado!"

"São capazes de qualquer coisa. Erva daninha que precisa ser erradicada!"

II.
O piloto desaparecido

Tomo o caminho de volta para o acampamento. A velha cega se acalmou e me agradeceu. Por que motivo? Não é, afinal, uma obviedade que eu não a deixaria caída no chão? Pessoas brutalizadas, essas crianças!

De repente, detenho-me, porque sinto algo muito estranho. Não me indigno com o ato grosseiro, menos ainda com o pão roubado: apenas condeno. Por que não estou revoltado? Porque são crianças pobres, que não têm o que comer? Não, não é isso.

O caminho faz uma grande curva, e eu tomo um atalho. Posso me dar a esse luxo, porque tenho um bom senso de orientação e vou encontrar o acampamento.

Caminho pela mata. Ali floresce a erva daninha. Não me sai da cabeça a moça que se estica para espiar por cima da sebe. É a chefe dos ladrões? Gostaria de ver os olhos dela. Não, não sou nenhum santo!

O matagal fica cada vez mais denso.

O que é aquilo ali?

Um pedaço de papelão branco. Nele, lê-se em letras vermelhas: "avião". Ah, o piloto desaparecido! Ainda não o encontraram.

Então foi aqui que você caiu? Foi um combate nos ares ou a defesa antiaérea? Era um bombardeiro? Aí jaz você agora, esmagado, incinerado, carbonizado. Um pedaço de papelão, papelão!

Ou o piloto ainda está vivo? Foi ferido gravemente e ninguém o encontra? É dos nossos ou um inimigo? Vai morrer para quê, piloto desaparecido? Um pedaço de papelão!

E então ouço uma voz: "Isso ninguém pode mudar". É uma voz feminina. Triste e calorosa.

Ela provém do matagal.

Com cuidado, dobro os galhos para trás.

Sentadas, vejo duas moças do castelo. Com suas pernas curtas e gordas. Uma delas segura um pente na mão; a outra chora.

"O que me importa esse piloto desaparecido?", diz ela aos soluços. "Para que vou andar pela floresta? Veja como minhas pernas estão inchadas, não quero mais marchar! Por mim, ele que morra, esse piloto desaparecido, eu também quero viver! Quero ir embora, Annie, embora! Não quero mais dormir no castelo, aquilo é uma prisão! Quero me lavar, me pentear, escovar os cabelos!"

"Tenha calma", Annie a consola, penteando carinhosamente os cabelos gordurosos e afastando-os do rosto choroso. "O que nós, pobres moças, vamos fazer? Até a professora chorou escondida, não faz muito tempo. A mamãe sempre diz que os homens enlouqueceram, e eles fazem as leis."

Ouço com atenção. Os homens?

Agora, Annie beija a testa de sua amiga, e eu me envergonho. Com que rapidez zombei hoje das moças!

Sim, talvez a mãe da Annie tenha razão. Os homens enlouqueceram, e aos que não enlouqueceram falta a coragem para meter em camisa de força os loucos enfurecidos.

Sim, ela está certa.

Também eu sou covarde.

12.
Vá para casa!

Entro no acampamento. As batatas já foram descascadas, a sopa está fumegando. O regimento voltou para casa. Os rapazes estão animados, apenas o sargento reclama de dor de cabeça. Fatigou--se em excesso, mas não o admite. De repente, ele pergunta: "Quantos anos o senhor me dá, senhor professor?". "Mais ou menos cinquenta." "Sessenta e três", sorri, lisonjeado, o sargento. "Já era da reserva durante a guerra mundial." Temo que ele comece a contar experiências de guerra, mas é um temor infundado. "Melhor não falarmos de guerra", ele diz, "tenho três filhos adultos." Ele contempla pensativo as montanhas e engole uma aspirina. Um ser humano.

Conto a ele sobre o bando de ladrões. Ele se levanta de um salto e ordena aos rapazes que se apresentem de imediato. Faz um discurso a seu regimento: durante a noite, poria guardas, quatro rapazes a cada duas horas. Leste, oeste, sul e norte. Era preciso defender o acampamento. O sangue pela terra, até o último homem!

Entusiasmados, os rapazes gritam: "Hurra!".

"Engraçado", diz o sargento, "minha dor de cabeça passou..."

Depois do almoço, desço até a aldeia. Tenho questões diversas a tratar com o prefeito: algumas formalidades e o abastecimento de gêneros alimentícios, porque, sem comer, não há como fazer exercícios.

Na sala do prefeito, encontro o padre, que não desiste: tenho de ir até sua casa para provar o excelente vinho novo. Gosto de beber, e o padre é um senhor agradável.

Atravessamos a aldeia, e os camponeses o cumprimentam. Ele me conduz pelo caminho mais curto até a casa paroquial. Seguimos agora por uma ruazinha lateral. Ali já não há camponeses. "Aqui moram os que trabalham em casa", diz o padre, erguendo os olhos para o céu.

As casas cinza colam-se umas às outras. Nas janelas abertas, só se veem crianças com rostos pálidos, envelhecidos, pintando bonecos coloridos. Atrás delas, está escuro. "Economizam luz", o padre explica, acrescentando: "Não me cumprimentam, voltaram-se contra mim." De repente, ele acelera o passo. E eu o acompanho de bom grado.

As crianças fitam-me espantadas, com um olhar estranhamente rijo. Não, não são peixes, não é escárnio: é ódio. E, atrás do ódio, a tristeza naqueles cômodos escuros. Economizam luz porque não têm luz nenhuma.

A casa paroquial fica ao lado da igreja. Esta última é uma construção austera; a casa é sossegada. Em torno da igreja fica o cemitério; em torno da casa paroquial, um jardim. Os sinos tocam na torre; da chaminé da casa sobe um vapor azul. No jardim dos mortos, brotam as flores brancas; no jardim do padre, crescem as hortaliças. Lá, veem-se cruzes; aqui, um anão de jardim. E uma corça em repouso. E um cogumelo.

No interior da casa paroquial reina a limpeza. Nem um único grão de poeira no ar. No cemitério ao lado, tudo se faz pó.

O padre me leva a seu cômodo mais bonito. "Sente-se, vou buscar o vinho!"

Ele desce para o porão, eu fico sozinho.

Não me sento.

Da parede pende um quadro.

Eu o conheço.

Tem um igual na parede dos meus pais.

São muito pios.

Foi na guerra que abandonei Deus. Era exigir demais de um sujeito em plena adolescência que compreendesse por que Deus admite uma guerra mundial.

Eu seguia contemplando o quadro.

Jesus pendurado na cruz. Está morto. Maria chora, João a consola. Um raio atravessa o céu negro. À direita, em primeiro plano, um guerreiro de capacete e armadura, o centurião romano.

E, contemplando o quadro, sinto saudade de minha casa paterna.

Queria ser de novo criança.

Olhar pela janela durante a tempestade.

Quando as nuvens pendem baixas, quando troveja, quando cai o granizo.

Quando o dia escurece.

E lembro-me de meu primeiro amor. Não gostaria de revê-la.

Vá para casa!

E vem-me à mente o banco em que eu me sentava e me punha a pensar: o que você vai ser? Professor ou médico?

Mais do que médico, eu queria ser professor. Mais do que curar os doentes, queria dar algo aos sãos, uma pedrinha minúscula para a construção de um futuro mais belo.

As nuvens passam, agora vem a neve.

Vá para casa!

A casa onde você nasceu. O que quer ainda neste mundo?

Minha profissão não me dá mais alegria.

Vá para casa!

13.
Em busca dos ideais da humanidade

O vinho do padre tem gosto de sol. Mas o bolo, de incenso. Estamos sentados a um canto.

Ele me mostrou sua casa.

Sua cozinheira é gorda. Com certeza, cozinha bem.

"Não como muito", o padre diz de repente.

Adivinhou meus pensamentos?

"Em compensação, bebo mais", ele complementa, e ri.

Não consigo rir direito. O vinho é bom e não é. Falo e, de súbito, me calo, sempre constrangido. Por que isso?

"Eu sei no que está pensando", diz o padre. "Está pensando nas crianças que viu nas janelas, pintando os bonecos sem me cumprimentar."

Sim, as crianças, estou pensando nelas também.

"Parece-me que o senhor está surpreso por eu adivinhar seus pensamentos, mas isso não é difícil para mim. É que o professor aqui da aldeia também só vê aquelas crianças por toda parte. Onde quer que nos encontremos, conversamos. Comigo, as pessoas podem falar à vontade, não sou daqueles padres que não ouvem ou que ficam bravos. Estou com santo Inácio, que diz: 'Acompanho qualquer um porta adentro para que, ao sair, saiamos pela minha'."*

Abro um pequeno sorriso e me calo.

---

* Carta de Inácio de Loyola (1491-1556) aos padres Pascásio Broet e Alfonso Salmerón, Roma, setembro de 1541.

O padre termina de beber sua taça.

À espera, eu o contemplo. Ainda não me sinto à vontade.

"A causa da miséria", ele prossegue, "não é o vinho me agradar, e sim a serraria não serrar mais coisa nenhuma. Nosso professor é da opinião de que, em razão do desenvolvimento muito acelerado da técnica, precisamos de novas relações de produção e de um novo controle sobre a propriedade. Ele tem razão. Por que o senhor me olha tão surpreso?"

"Posso falar francamente?"

"Por favor!"

"Eu penso que a Igreja está sempre do lado dos ricos."

"Isso é verdade. Porque ela precisa."

"Precisa?"

"O senhor conhece algum Estado que não seja governado pelos ricos? 'Ser rico' não é apenas 'ter dinheiro' — quando não existirem mais os acionistas da serraria, outros ricos vão governar; não é preciso possuir ações para ser rico. Sempre existirão valores dos quais algumas pessoas terão mais do que todas as outras juntas. Mais estrelas no colarinho, mais galões na manga, mais medalhas no peito, visíveis ou invisíveis, porque sempre haverá pobres e ricos, tanto quanto burros e inteligentes. E a Igreja, senhor professor, infelizmente não tem o poder de determinar como um Estado deve ser governado. Mas é seu dever estar sempre do lado do Estado, que, por infelicidade, sempre será governado pelos ricos."

"Dever?"

"Como o ser humano é, por natureza, um ser sociável, ele sempre depende do vínculo com a família, com a comunidade e com o Estado. O Estado é uma instituição puramente humana, que só deve ter um objetivo: produzir a bem-aventurança terrena, de acordo com suas possibilidades. Ele é uma necessidade da natureza e, portanto, um desejo divino. A obediência a ele é, pois, um dever de consciência."

"O senhor não está querendo afirmar que nosso Estado atual, por exemplo, produz bem-aventurança terrena de acordo com suas possibilidades?"

"Não o estou afirmando de forma alguma, porque toda a sociedade humana assenta-se no egoísmo, na hipocrisia e na violência bruta. Como disse Pascal? 'Aspiramos à verdade e só encontramos em nós incerteza. Buscamos a felicidade e só encontramos miséria e morte.'* O senhor se admira de um simples padre camponês citar Pascal — bem, não precisa se admirar, porque não sou um simples padre camponês, só fui transferido para cá por algum tempo. De certo modo, uma medida disciplinar, como se costuma dizer." Ele sorri. "Sim, sim, é raro que se faça santo quem nunca foi pecador, ou sábio quem nunca foi burro! E sem as pequenas burrices da vida não estaríamos todos neste mundo, afinal."

Ele ri baixinho, mas não rio com ele.

De novo, esvazia sua taça.

De repente, pergunto: "Se, portanto, a ordem estatal é desejo divino...".

"Errado!", ele me interrompe. "Não é a ordem estatal, e sim o Estado que é uma necessidade da natureza e, portanto, um desejo divino."

"Ora, mas é a mesma coisa!"

"Não, não é a mesma coisa. Deus criou a natureza e, portanto, o que é necessidade da natureza é desejo divino. Mas as consequências da criação da natureza — ou seja, a ordem estatal nesse caso — são um produto do livre-arbítrio humano. Só o Estado é, pois, desejo divino; a ordem estatal, não."

"E quando um Estado se desintegra?"

"Um Estado jamais se desintegra; ele, no máximo, dissolve sua estrutura social para dar lugar a outra. O Estado em si,

---

* Blaise Pascal, *Pensamentos*, XXII, I.

porém, permanece sempre existindo, ainda que morra o povo de que é formado. Porque aí, em seu lugar, vem outro povo."

"Então o colapso de uma ordem estatal não é uma necessidade da natureza?"

Ele sorri: "Às vezes um colapso assim é até mesmo um desejo divino".

"Por que, então, a Igreja toma sempre o partido dos ricos quando a estrutura social de um Estado desmorona? No nosso tempo, por exemplo: por que a Igreja sempre se posiciona do lado dos acionistas da serraria, e não do lado das crianças nas janelas?"

"Porque os ricos sempre vencem."

Não consigo me controlar: "Mas que bela moral!".

O padre permanece muito tranquilo: "O bem pensar é o princípio da moral".* Ele torna a esvaziar sua taça. "Sim, os ricos vencerão sempre, porque são os mais brutais, os mais abjetos, os mais sem consciência. Afinal, está já nas Escrituras que é mais fácil o camelo entrar pelo buraco da agulha do que o rico no Reino de Deus."

"E a Igreja? Entra pelo buraco da agulha?"

"Não", ele responde, e torna a sorrir. "Isso não seria lá muito possível, porque a Igreja, afinal, é o buraco da agulha."

Esse padreco é inteligente feito o diabo, penso comigo, mas não está com a razão. Não está! Digo-lhe então: "A Igreja serve, portanto, aos ricos e nem pensa em lutar pelos pobres...".

"Ela também luta pelos pobres", ele me interrompe, "mas em outra frente."

"A celestial, certo?"

"Também lá se pode tombar."

"Quem tombou?"

"Jesus Cristo."

---

* Blaise Pascal, *Pensamentos*, XVIII, XI.

"Mas ele era Deus! E o que aconteceu depois?"

O padre me serve mais vinho e olha pensativo para o vazio. "É uma boa coisa", afirma baixinho, "que hoje em dia a Igreja não esteja indo tão bem em muitos países. É bom para a Igreja."

"Talvez", respondo de forma sucinta e noto que estou agitado. "Mas vamos voltar às crianças nas janelas! Quando passamos pela rua, o senhor disse: 'Não me cumprimentam, voltaram-se contra mim'. O senhor é um homem inteligente, haverá de saber que não se trata de terem se voltado contra o senhor, e sim de não terem o que comer!"

Ele me olha espantado.

"Quis dizer que se voltaram contra mim", diz ele devagar, "porque não acreditam mais em Deus."

"E como o senhor pode exigir isso delas?"

"Deus está em toda parte, por todas as ruas."

"Como é que Ele pode estar naquela rua, ver as crianças e não ajudá-las?"

O padre fica em silêncio. Termina pensativo de beber seu vinho. Depois, torna a me olhar espantado: "Deus é o que há de mais terrível neste mundo".

Olho fixo para ele. Tinha ouvido direito? O que há de mais terrível?!

Ele se levanta, aproxima-se da janela e olha para o cemitério lá fora. "Deus pune", ouço a voz do padre.

Que Deus miserável é esse, penso comigo, que pune as pobres crianças?

O padre agora caminha para um lado e para outro.

"Não se pode esquecer Deus", ele diz, "ainda que não entendamos por que Ele nos pune. Se ao menos nunca tivéssemos exercido o livre-arbítrio!"

"Ah, o senhor se refere ao pecado original?"

"Sim."

"Não acredito nele."

O padre se detém diante de mim.

"Então tampouco acredita em Deus."

"Exato. Não acredito em Deus…"

"Escute", quebro então o silêncio, porque agora tenho de falar, "eu leciono história e sei muito bem que, antes do nascimento de Cristo, o mundo já existia, a Antiguidade, a Grécia antiga, um mundo sem o pecado original…"

"Eu acho que o senhor está errado", ele me interrompe, aproximando-se de sua estante de livros. Folheia um deles. "Como o senhor leciona história, não preciso lhe contar quem foi o primeiro filósofo grego. O mais antigo de todos, quero dizer."

"Tales de Mileto."

"Sim, mas sua figura segue em parte envolta em lenda, não sabemos nada de definitivo sobre ele. O primeiro documento escrito que se preservou da filosofia grega, o primeiro que conhecemos, vem de Anaximandro, também da cidade de Mileto — nascido em 610, morto em 547 a.C. Não vai além de uma única frase."

Ele vai até a janela, porque já começa a escurecer, e lê:

"Onde as coisas têm sua origem, aí é também seu destino perecer; pois elas devem penitenciar-se e pagar pela culpa de sua existência segundo a ordem do tempo."

14.
O centurião romano

Estamos há quatro dias no acampamento. Ontem, o sargento explicou aos rapazes o mecanismo do fuzil, como cuidar dele e como limpá-lo. Hoje, passaram o dia limpando as armas; amanhã vão atirar. Os soldados de madeira já aguardam para serem atingidos.

Os rapazes sentem-se muito bem; o sargento, nem tanto. Envelheceu dez anos nesses quatro dias. Em outros quatro, vai parecer mais velho do que é. Além disso, torceu o pé e é provável que tenha estirado um tendão, porque está mancando.

Mas suporta suas dores. Somente ontem, antes de adormecer, disse-me que gostaria de estar outra vez jogando boliche, cartas, dormindo numa cama de verdade, beliscando o traseiro de uma garçonete robusta, em suma: que gostaria de estar de novo em casa. Depois, dormiu e roncou.

Sonhou que era um general e que tinha ganhado uma batalha. O imperador em pessoa o condecorou com todas as medalhas, pregando-as ele próprio em seu peito. E nas costas também. E a imperatriz beijou seus pés.

"O que isso significa?", perguntou-me logo de manhãzinha. "Provavelmente, expressa um desejo", respondi. Ele disse que, em toda a sua vida, jamais havia desejado que uma imperatriz lhe beijasse os pés. "Vou escrever à minha mulher", emendou pensativo, "ela tem um livro de sonhos. Vou pedir que consulte o que significam 'general', 'imperador', 'medalhas', 'batalha', 'peito' e 'costas'."

Enquanto ele escrevia diante de nossa barraca, surgiu, agitado, um rapaz: o L.

"O que foi?"

"Fui roubado!"

"Roubado?"

"Roubaram minha máquina, senhor professor, minha câmera fotográfica!"

Ele estava completamente fora de si.

O sargento olhou para mim. O que fazer agora? — perguntava seu olhar. "Reunir todo mundo", eu disse, porque não me ocorreu nada melhor. O sargento assentiu satisfeito, manquitolou até a praça vazia onde esvoaçava a bandeira e berrou feito um cervo velho: "Regimento, apresentar-se!".

Voltei-me para o L:

"Você tem alguma suspeita?"

"Não."

O regimento apresentou-se. Interroguei os rapazes, mas ninguém soube me dizer nada. Entrei com o sargento na barraca onde L dormia. Seu saco de dormir estava logo na entrada, à esquerda. Não encontramos nada.

"Para mim", eu disse ao sargento, "está fora de questão que o ladrão seja um dos rapazes, ou outros roubos teriam acontecido durante o ano letivo. Acredito mais que os guardas que postamos não tenham cumprido direito seu dever e, portanto, que tenham permitido ao bando de ladrões entrar no acampamento."

O sargento me deu razão, e decidimos fiscalizar os guardas durante a noite. Mas como?

A uns cem metros do acampamento havia uma meda de feno. Pretendíamos passar a noite ali e, de lá, fiscalizar os guardas. O sargento, das nove à uma; eu, da uma às seis.

Depois do jantar, partimos em segredo. Nenhum dos rapazes notou. Eu me acomodei no feno.

À uma da manhã, o sargento me acorda.

"Até agora, tudo em ordem", ele me informa. Desci do monte de feno e me postei à sombra de uma cabana. À sombra? Sim, porque é noite de lua cheia.

Uma noite magnífica.

Vejo o acampamento e posso reconhecer os guardas, que no momento estão sendo substituídos.

Estão parados ali, de pé, ou dão alguns passos para um lado e outro. Leste, oeste, norte, sul — um em cada ponto cardeal.

Vigiam suas máquinas fotográficas.

Sentado ali, ocorre-me o quadro pendurado na parede do padre e também na casa de meus pais.

As horas passam.

Eu leciono história e geografia.

Preciso explicar a forma da Terra e interpretar sua história.

A Terra ainda é redonda, mas as histórias agora formam ângulos.

Sentado ali, não posso fumar, porque estou vigiando os guardas.

É verdade: meu ofício não me alegra mais.

Por que me ocorre apenas aquele quadro?

Por causa do crucificado? Não.

Por causa de sua mãe? Não. De repente, fica claro para mim: por causa do guerreiro de capacete e armadura, do centurião romano.

E o que tem ele, afinal?

Está comandando a execução de um judeu. E, morto o judeu, ele diz: "Verdadeiramente, não é apenas um homem quem morre assim!".*

Reconheceu a Deus, portanto.

Mas o que fez? Que medidas tomou?

---

* Mt 27,54: "De fato, este era filho de Deus!". *Bíblia de Jerusalém*. São Paulo: Paulus, 2002.

Ficou bem quieto debaixo da cruz.

Um raio cruzou a noite, rasgou-se a cortina do santuário, a terra tremeu — ele permaneceu ali.

Reconheceu o novo Deus morrendo na cruz e soube então que seu mundo estava condenado à morte.

E?

Terá tombado numa guerra? Sabia estar tombando por nada? Seu ofício ainda lhe dava alegria?

Ou terá talvez envelhecido? Aposentou-se? Morava em Roma ou em algum ponto da fronteira onde a vida era mais barata?

Talvez tivesse uma casinha. Com um anão de jardim. E, de manhã, a cozinheira lhe contaria que, no dia anterior, além da fronteira, novos bárbaros haviam tornado a aparecer. Uma conhecida os tinha visto com os próprios olhos.

Novos bárbaros, novos povos.

Eles se armam. Armam-se e esperam.

E o centurião romano sabia que os bárbaros destruiriam tudo. Mas isso não o comoveu. Para ele, tudo já estava em ruínas.

Viveu tranquilo como aposentado, e percebera tudo.

O grande Império Romano.

15.
O lixo

A lua agora paira bem acima das barracas.

Deve ser por volta de duas horas da manhã. E penso comigo que os cafés ainda estão cheios.

O que estará fazendo Júlio César?

Vai acender sua caveira até que o diabo o carregue!

Engraçado: acredito no diabo, mas não no bom Deus.

Será que não acredito mesmo?

Não sei. Sei, sim, sei muito bem! Não quero acreditar nele! Não, não quero!

É meu livre-arbítrio.

E a única liberdade que me restou: a de poder acreditar ou não acreditar.

E, claro, de oficialmente fingir que acredito.

Ora sim, ora não, depende.

O que disse o padreco?

"O ofício do padre consiste em preparar o ser humano para a morte, porque, quando o homem deixa de temer a morte, sua vida se torna mais leve."

Disso ele nunca se cansa!

"Dessa vida de miséria e contradições", disse o padre, "só o que nos salva é a misericórdia divina e a crença na revelação."

Nada mais que desculpas!

"Somos punidos e não sabemos por quê."

Pergunte aos governantes!

E o que mais disse o padreco?

"Deus é o que há de mais terrível neste mundo."
É verdade!
Adoráveis os pensamentos que me atravessavam o coração. Vinham da cabeça, fantasiavam-se de sentimentos, dançavam e mal se tocavam.
Um baile nobre. Círculos exclusivos. Sociedade!
À luz do luar, os pares giravam.
A covardia com a virtude, a mentira com a justiça, a mesquinhez com a força, a astúcia com a coragem.
Só a razão não participava da dança.
Ela se embebedara, tinha agora a consciência pesada e soluçava sem cessar: "Sou uma idiota, sou uma idiota!".
Vomitava sem parar, por toda parte.
A dança, no entanto, prosseguia assim mesmo, por cima da sujeira.
Ouço a música de baile.
Uma canção popular intitulada "O indivíduo é lixo".
Separadas por língua, raça e nação, as turbas, lado a lado, se medem para saber qual é maior.
Fedem tanto que todos precisam tapar o nariz.
Nada mais do que lixo! Tudo lixo!
Usem como adubo!
Adubem a terra para que algo cresça!
Não flores, e sim pão!
Mas não reverenciem uns aos outros!
Não reverenciem o lixo que comeram!

16.
Z e N

Ia quase esquecendo meu dever: ficar sentado diante de um monte de feno, sem poder fumar, fiscalizando a guarda.

Olho lá para baixo: os rapazes vigiam.

Leste e oeste, norte e sul.

Tudo em ordem.

Mas, espere! Algo acontece ali...

O que é?

No norte. A sentinela está conversando com alguém. E quem é a sentinela?

É o Z.

Com quem está falando?

Ou será apenas a sombra de um abeto?

Não, não é uma sombra, é uma figura humana.

Agora o luar a ilumina: é um rapaz. Um estranho.

O que está acontecendo ali?

O estranho parece dar-lhe alguma coisa e, em seguida, desaparece.

O Z não se mexe por um breve momento, fica parado ali, imóvel.

Escutando?

Com cautela, olha em torno e, depois, tira uma carta do bolso.

Ah, ele recebeu uma carta!

Abre-a com rapidez e põe-se a lê-la à luz do luar.

Depois, logo enfia a carta no bolso.

Quem escreve ao Z?

Chega a manhã, e o sargento pergunta se vi algo de suspeito. Digo a ele que não vi nada e que os guardas cumpriram seu dever.

Não falo da carta, porque ainda não sei se ela tem algo a ver com a máquina fotográfica roubada. Isso precisa ser esclarecido e, enquanto não houver prova, não quero levantar suspeita contra o Z.

Se ao menos fosse possível ler a carta!

Quando entramos de volta no acampamento, os jovens nos recebem perplexos. Quando havíamos saído, afinal? "No meio da noite", o sargento mente, "e saímos andando, mas ninguém da guarda nos viu. Vocês precisam prestar mais atenção, porque, com essa guarda miserável, vão nos levar o acampamento todo — os fuzis, a bandeira, tudo aquilo pelo qual estamos aqui!"

Em seguida, ordena que o regimento todo se apresente e pergunta se alguém viu algo suspeito.

Ninguém se manifesta.

Observo o Z.

Ele permanece imóvel.

O que está escrito na carta?

No momento, ele a leva no bolso, mas vou lê-la, preciso ler essa carta.

Pergunto diretamente a ele? Isso não teria sentido. Ele negaria sua existência, rasgaria e queimaria a carta, e eu nunca mais poderia lê-la.

Talvez até já a tenha destruído.

E quem era o desconhecido? Um rapaz que aparece às duas horas da manhã a uma distância de uma hora da aldeia? Ou mora na propriedade rural com a velha cega? Seja como for, faz-se cada vez mais claro para mim que ele só pode ser parte do bando de ladrões. Da erva daninha. O Z também é erva daninha? É um criminoso?

Preciso ler a carta. Preciso. Preciso!

Aos poucos, ela se torna uma ideia fixa. Bum!

Hoje, pela primeira vez, os rapazes estão atirando. Bum! Bum!

À tarde, o R vem até mim.

"Senhor professor", ele diz, "peço muito ao senhor que me deixe dormir em outra barraca. Os dois que estão comigo brigam o tempo todo, mal se consegue dormir!"

"E quem são eles?"

"O N e o Z."

"O Z?"

"Sim, mas é sempre o N quem começa!"

"Diga que venham falar comigo!"

Ele se vai, o N chega.

"Por que você sempre se pega com o Z?"

"Porque ele não me deixa dormir. Vive me acordando. Muitas vezes, acende a vela no meio da noite."

"Para quê?"

"Para escrever suas besteiras."

"Ele escreve?"

"Sim."

"E o que escreve? Cartas?"

"Não, escreve um diário."

"Um diário?"

"Sim. É um idiota."

"Não é por isso que alguém precisa ser idiota."

O N me lança um olhar fulminante.

"Escrever um diário é expressão típica de quem superestima o próprio ego", ele diz.

"Pode ser que sim", respondo com cuidado, porque, de momento, não me lembro se essa besteira já foi dita no rádio.

"O Z trouxe consigo uma caixinha, é nela que tranca seu diário."

"Diga-lhe que venha falar comigo!"

O N se vai, chega o Z.

"Por que você sempre briga com o N?"

"Porque ele é um plebeu."

Eu me surpreendo e sou levado a pensar nos plebeus ricos.

"Sim", continua o Z, "ele não suporta que as pessoas reflitam sobre si mesmas. Fica louco. É que eu escrevo um diário, e ele fica guardado numa caixinha. Há pouco tempo, ele quis destroçá-la e, por isso, agora eu sempre a escondo. Durante o dia, no saco de dormir; à noite, fico segurando a caixinha na mão."

Olho para ele.

E pergunto lentamente: "E onde você deixa o diário quando está de guarda?".

Seu semblante permanece imóvel.

"No saco de dormir", ele responde.

"E nele você registra todas as suas experiências?"

"É."

"O que ouve, vê, tudo?"

Ele cora.

"Sim", responde baixinho.

Devo perguntar agora quem lhe escreveu a carta e o que ela contém? Não. Porque para mim já está claro que vou ler o diário.

O Z se vai, eu o acompanho com o olhar.

Ele reflete sobre si mesmo, foi o que disse.

Vou ler seus pensamentos. O diário do Z.

17.
Adão e Eva

Pouco depois das quatro, o regimento partiu de novo. Dessa vez, até o "pessoal da cozinha" precisou acompanhá-lo, porque o sargento queria explicar a todos como cavar buracos na terra e onde ela era mais apropriada para trincheiras e abrigos. Desde que começou a mancar, ele prefere tão somente explicar como se faz.

Portanto, não ficou ninguém no acampamento, apenas eu.

Tão logo o regimento desapareceu na floresta, entrei na barraca em que o Z dormia com o N e o R.

Lá dentro havia três sacos de dormir. À esquerda, uma carta. Não, não era a tal carta. "Ao sr. Otto N", lia-se no envelope, "Remetente: sra. Elisabeth N" — ah, a esposa do padeiro! Não pude resistir: o que será que a mamãe escrevia ao filhinho?

Ela escreveu: "Meu querido Otto, obrigado pelo cartão-postal. Eu e seu pai ficamos muito felizes que você esteja bem. Continue assim, mas preste atenção a suas meias, para que não se misturem de novo às dos outros! Quer dizer então que, em dois dias, vocês começam a atirar? Deus meu, como o tempo passa! Seu pai pede para lhe dizer que pense nele ao dar os primeiros tiros, porque ele foi o melhor atirador de sua companhia. Imagine você que Mandi morreu ontem. Anteontem saltitava ainda, tão feliz e contente em sua gaiolinha, dando-nos alegria com seus trinados. E hoje estava morto. Eu não sei bem, mas, por aqui, grassa uma doença entre os canários. O pobrezinho esticou as perninhas para a frente; eu o cremei no fogão. Ontem, comemos um magnífico lombo de veado com mirtilo. Pensamos em você. A comida aí também é boa? O pai manda um abraço caloroso e pede que você continue informando se o professor segue fazendo comentários como o que fez sobre os negros. Só não baixe a guarda! O pai vai quebrar o pescoço dele! Abraços e beijos, meu querido Otto, de sua querida mamãe".

No saco de dormir ao lado não encontrei nada escondido. Ali dormia, pois, o R. A caixinha, portanto, só pode estar no terceiro saco. E lá estava ela.

Era uma caixinha azul de latão com uma fechadura simples. Estava trancada. Tentei abri-la com um pedaço de arame.

A fechadura cedeu com facilidade.

Dentro da caixinha havia cartas, cartões-postais e um livro de capa verde. "Meu diário", lia-se em letras douradas. Abri o livro. "De sua mãe, no dia de Natal." Quem era a mãe do Z? Viúva de algum funcionário público, parece-me, ou algo assim.

Em seguida vinham os primeiros registros, algo sobre uma árvore de Natal. Segui folheando, já passamos da Páscoa. De início, ele escrevia todo dia; depois passou a escrever apenas de dois em dois dias, de três em três, de cinco em cinco, de seis em seis — e aí está, aí está a carta! É ela mesmo! Um envelope amassado, sem destinatário nem selo!

Rápido! O que está escrito nela?!

"Hoje não posso vir, venho amanhã, às duas — Eva."

Só isso.

Quem é Eva?

Sei apenas quem é Adão.

Adão é o Z.

Leio o diário:

Quarta-feira

Chegamos ontem ao acampamento. Estamos todos muito felizes. O dia está terminando, ontem não consegui escrever porque estávamos todos muito cansados por causa da montagem das barracas. Temos uma bandeira também. O sargento é um velho tolo, não percebe quando rimos dele. Andamos mais rápido do que ele. O professor, quase nunca o vemos, graças a Deus. E ele tampouco cuida de nós. Caminha sempre para um lado e outro com seu rosto aborrecido. O N é outro tolo. Pela segunda vez está gritando para que eu apague a vela, mas não vou fazer isso, do contrário não tenho como escrever um diário, e quero, sim, guardar uma lembrança para a vida toda. Hoje à tarde fizemos uma grande marcha até as montanhas. A caminho de lá, passamos por rochedos nos quais há muitas cavernas. De repente, o sargento ordenou que entrássemos pelo matagal em formação dispersa, avançando contra um inimigo supostamente entrincheirado com metralhadoras pesadas atrás de uma elevação. Afastamo-nos para bem longe uns dos outros, mas o matagal foi se tornando cada vez mais denso, até que, de súbito, eu não via mais ninguém à minha direita nem à minha esquerda. Tinha me perdido, havia me apartado dos demais. De repente, estava de novo diante de um rochedo e de uma caverna, creio ter caminhado em círculo. Então, uma moça apareceu à minha frente. Tinha cabelos castanho-escuros, usava uma blusa cor-de-rosa e me perguntei como havia aparecido ali, vinda de onde, afinal. Ela me perguntou quem eu era. Respondi. Havia dois meninos com ela, ambos descalços e em farrapos. Um deles segurava um pão, o outro, um jarro. Fitavam-me hostis. A moça disse a eles que fossem para casa, ela só iria me mostrar como sair daquele matagal. Fiquei muito feliz, e ela me acompanhou. Perguntei onde morava, e ela me disse que morava atrás do rochedo. Mas, no mapa militar que eu levava comigo, não havia casa nem coisa alguma naquela região. O mapa está errado, ela disse. E assim chegamos à borda do matagal e pude ver, ao longe, o acampamento. Ela, então, se detêve, disse-me que agora precisava voltar e que me daria um beijo, se eu não contasse a ninguém neste mundo que a havia encontrado ali. Por quê? — perguntei. Porque ela não queria, foi a resposta. Está bem, eu lhe disse, e ela me deu um beijo no rosto. Isso não vale, protestei, beijo tem de ser na boca. Ela me deu um beijo na boca, enfiando-me a língua ao fazê-lo. Disse-lhe que ela era uma porca, o que estava fazendo com a língua? A moça, então, riu e me deu outro beijo igual. Eu a empurrei para longe. Ela apanhou uma pedra e a arremessou contra mim. Se aquela pedra tivesse me acertado na cabeça, eu estaria morto. Disse isso a ela, e ela me respondeu que pouco se importava. Aí, você seria enforcada, disse-lhe. E ela me disse que seria enforcada de todo modo. De súbito, tive uma sensação sinistra. Ela me pediu para que eu me aproximasse. Como não queria ser covarde, eu o fiz. E, de repente, ela me agarrou e tornou a enfiar a língua em minha boca. Fiquei furioso, apanhei um galho e bati nela. Acertei-a nas costas e nos ombros, mas não na cabeça. Sem emitir um único som, ela desabou. Jazia ali. Fiquei muito assustado, porque pensei que ela talvez estivesse morta. Aproximei-me e toquei-a com o galho. Ela não se mexeu. Se estiver morta, pensei comigo, deixo-a deitada aí e finjo que não aconteceu nada. Já pretendia ir-me embora quando notei que ela estava fingindo. Piscava os olhos na minha direção. Depressa, voltei para perto dela. Não, não estava morta. Já vi muitas pessoas mortas, e seu aspecto é bem outro. Já aos sete anos de idade, vi um policial e quatro operários mortos, foi numa greve. Espere aí, pensei, você só quer me assustar, mas já vai se levantar. Com cuidado, apanhei a barra de sua saia e a ergui de repente. Ela estava sem calcinha. Mas continuava não se mexendo, e eu agora me sentia bem diferente. De súbito ela, então, se levantou de um salto e me puxou loucamente para baixo, para junto dela. Aquilo eu conhecia bem. Nós nos amamos. Bem ao lado, havia um enorme formigueiro. E eu prometi a ela que não contaria a ninguém que a havia encontrado. Ela saiu correndo, e me esqueci por completo de perguntar como se chamava.

Quinta-feira

Montamos guarda por causa dos bandos de ladrões. O N já está gritando de novo para que eu apague a vela. Se gritar mais uma vez, dou-lhe um safanão. Acabo de dar um safanão nele, que não revidou. O idiota do R gritou como se ele tivesse levado o safanão, o covarde! O que me irrita é não ter combinado nada com a moça. Gostaria de revê-la, de falar com ela. Hoje de manhã, eu a sentia debaixo de mim enquanto o sargento ordenava "para cima", "para baixo". Penso nela sempre, não tenho como evitar. Só não gosto daquela sua língua. Mas ela me disse que é questão de hábito. Como a velocidade num automóvel. Que sentimento é o do amor! Acho que deve ser algo parecido quando se voa. Mas voar é, com certeza, ainda mais belo. Eu não sei; gostaria que ela estivesse deitada a meu lado agora. Se ao menos estivesse aqui... Estou tão sozinho. Por mim, ela pode até enfiar a língua na minha boca.

Sexta-feira

Depois de amanhã vamos atirar, finalmente! Hoje à tarde briguei com o N, ainda vou matá-lo. O R também levou uns tapas — quem mandou se meter entre nós, o idiota! Mas nada disso me importa, penso apenas nela, e hoje mais ainda. Porque esta noite ela veio. De repente, enquanto eu estava de guarda. Primeiro, eu me assustei; depois, senti uma alegria imensa e me envergonhei por ter me assustado. Ela não percebeu nada, graças a Deus! Um cheiro maravilhoso, ela cheirava a perfume. Perguntei onde ela o havia arrumado. Ela respondeu que na farmácia da aldeia. Deve ter custado caro, eu disse. Ah, não, não custou nada. Depois, ela me abraçou e estávamos juntos de novo. Ela me perguntou: o que fazemos agora? Disse-lhe que faríamos amor. Será que ainda nos amaríamos muitas vezes, ela perguntou. Sim, eu disse, muitas e muitas vezes. Ela não era uma depravada? Não, como ela podia dizer uma coisa dessas? Porque se deitava comigo à noite. Nenhuma moça é santa, eu disse. E, de repente, vi escorrer uma lágrima de sua face, o luar iluminava seu rosto. Por que está chorando? Porque tudo é tão sombrio. Mas o quê? E ela me perguntou se eu a amaria, caso ela fosse uma alma perdida. O que é isso? E ela me contou que não tinha nem pai nem mãe e que, aos doze, tinha ido morar com outra família, como criada, mas que o patrão vivia indo atrás dela; ela se defendia e, certa vez, tinha roubado dinheiro para poder fugir, porque a patroa sempre batia nela por causa dele. Depois, tinha ido parar num reformatório, mas fugira dali e agora morava numa caverna e roubava tudo que encontrava. Andava com quatro garotos da aldeia que não queriam mais pintar bonecos, mas ela era a mais velha e a chefe do grupo. Disse-me que eu não podia contar a ninguém que ela era desse tipo, ou iria parar outra vez num reformatório. Aquilo me deu uma pena imensa e, de súbito, senti que tenho uma alma. Disse isso a ela, que, por sua vez, me disse que sentia a mesma coisa: que tinha uma alma. Que eu não a compreendesse mal se agora, enquanto estava comigo, roubassem alguma coisa do acampamento. Disse-lhe que jamais a compreenderia mal, mas que não roubasse nada de mim, porque pertencíamos um ao outro. Em seguida, precisamos nos despedir, porque eu logo seria rendido. Amanhã nos encontramos de novo. Agora sei como ela se chama: Eva.

Sábado

Hoje houve um grande rebuliço, porque roubaram a câmera do L. Não significa nada! O pai dele é dono de três fábricas, ao passo que a pobre Eva tem de morar numa caverna. O que ela vai fazer quando chegar o inverno? O N grita de novo por causa da luz. Ainda vou matá-lo de pancada.

Mal posso esperar até a noite, até a chegada dela! Queria viver com ela numa barraca, mas não num acampamento: sozinhos! Só com ela! O acampamento já não me dá alegria. Tudo isso é nada.

Ah, Eva, estarei sempre com você! Você nunca mais vai para um reformatório, para reformatório nenhum, isso eu prometo! Vou sempre proteger você!

O N grita, vai destruir minha caixinha, amanhã. Pois ele que ouse! Porque aqui dentro estão meus segredos mais íntimos, não são da conta de ninguém. Quem tocar minha caixinha morre!

18.
Condenado

"Quem tocar minha caixinha morre!"
Leio de novo a frase e só posso sorrir.
Criancice!
Quero pensar no que acabo de ler, mas não chego a fazê-lo. Desde a borda da floresta ressoa a trombeta, preciso me apressar, o regimento se aproxima. Depressa, enfio o diário de volta na caixinha e tento trancá-la. Giro o arame para um lado e para outro. Em vão! Ela não fecha mais, estraguei a fechadura — e agora?
Os rapazes logo estarão aqui. Escondo a caixinha aberta no saco de dormir e saio da barraca. Não me restava alternativa. Lá vem o regimento.
O Z marcha na quarta fileira.
Então você tem uma moça e ela se chama Eva. E sabe que seu amor rouba, mas, ainda assim, promete protegê-la para sempre.
De novo, só posso sorrir. Criancice, pura criancice!
O regimento se detém e se dispersa.
Agora sei seus "segredos mais íntimos", penso comigo, mas de repente já não consigo sorrir. Porque vejo o promotor público. Ele folheia seus autos. A acusação é de furto e favorecimento. Por ela, responde não apenas Eva, mas Adão também. O Z teria de ser preso de imediato.
Quero dizê-lo ao sargento e informar à polícia. Ou devo, antes, falar a sós com o Z?

Agora ele está lá, junto das panelas, e quer saber o que haverá para comer. Vai ser expulso da escola, e a moça voltará para o reformatório.

Vão ser trancafiados, os dois.

Adeus, futuro, meu caro Z!

Homens mais importantes já tropeçaram no amor, no amor que é também uma necessidade da natureza e um desejo divino.

E torno a ouvir o padreco: "Deus é o que há de mais terrível neste mundo".

E ouço uma barulheira infernal, gritaria, estrondos. Todos correm para uma barraca.

É a barraca com a caixinha. O Z e o N estão brigando, é quase impossível separá-los.

O N está vermelho, sangrando pela boca.

O Z está branco.

"O N abriu a caixinha dele!", o sargento grita para mim.

"Não!", grita o N. "Não fui eu! Eu, não!"

"Quem, então?!", berra o Z. "Diga-me o senhor mesmo, senhor professor, quem mais poderia ter feito isso?"

"Mentira, mentira!"

"Ele a abriu, ninguém mais! Já tinha ameaçado destruí-la!"

"Mas não o fiz!"

"Quietos!", grita de súbito o sargento.

Faz-se silêncio.

O Z não tira os olhos do N.

Quem mexer na sua caixinha morre, é o que de repente me passa pela cabeça. Involuntariamente, olho para cima.

Mas o céu permanece suave.

Sinto que o Z seria capaz de matar o N.

Também o N parece sentir a mesma coisa. Cabisbaixo, ele se volta para mim.

"Senhor professor, eu gostaria de dormir em outra barraca."

"Está bem."

"Eu realmente não li o diário dele. O senhor me ajude, senhor professor!"

"Vou ajudar você."

Agora é o Z quem me olha. Seu olhar diz que não posso ajudar.

Eu sei, condenei o N.

Mas só queria saber se o Z estava andando com os ladrões, não queria lançar sobre ele uma suspeita leviana. Por isso abri a caixinha.

E por que não digo simplesmente que fui eu quem leu o diário?

Não, agora não! Não aqui, na frente de todos! Mas vou dizer. Com certeza! Só que não diante de todos, tenho vergonha!

Direi a ele a sós. De homem para homem! E quero falar com a moça também, hoje à noite, quando ele se encontrar com ela. Vou dizer a ela que nunca mais apareça e repreender de verdade o idiota do Z — nada mais do que isso! E chega!

Como ave de rapina, a culpa voa em círculos sobre nós. E nos apanha depressa.

Mas vou inocentar o N.

Afinal, ele não fez nada.

E perdoarei o Z. E a moça também. Não permitirei que me julguem inocente!

Sim, Deus é terrível, mas vou contrariar seus planos, arruinar-lhe as contas com meu livre-arbítrio.

Vou corrigi-las.

Salvarei a nós todos.

E, enquanto assim pensava, sinto que alguém me olha fixo.

É o T.

Dois olhos claros e redondos me contemplam. Sem nenhum brilho, nenhum fulgor.

O peixe! — estremeço.

Ele segue me olhando exatamente como antes, quando do sepultamento do pequeno W.

Sorri baixinho, superior, zombeteiro. Estranhamente rijo. Sabe que fui eu quem abriu a caixinha?

19.
O homem na lua

O dia se fez longo. Por fim, o sol se pôs.

O fim do dia chegou e fiquei à espera da noite. A noite chegou, e eu me esgueirei para fora do acampamento. O sargento roncava, ninguém me viu. É certo que a lua cheia ainda pairava no céu, mas, vindas do oeste, as nuvens passavam em retalhos escuros. A todo momento, a escuridão fazia-se um breu e levava cada vez mais tempo até que a luz prateada reaparecesse.

Lá, onde a floresta quase tocava as barracas, é lá que o Z está de guarda. E ali estava eu agora, sentado atrás de uma árvore.

Podia ver perfeitamente a sentinela. Era o G.

Ele caminhava de um lado para outro.

No céu, as nuvens passavam apressadas; mais abaixo, tudo parecia dormir. Um furacão rugia lá em cima, mas, embaixo, nada se movia.

Vez por outra apenas, um galho estalava.

Então, o G se deteve e pôs-se a fitar a floresta.

Eu o via olhos nos olhos, mas ele não podia me ver.

Está com medo?

Na floresta tem sempre algo acontecendo, em especial à noite.

O tempo passou.

Agora chega o Z.

Ele cumprimenta o G, que se vai.

O Z fica sozinho.

Cauteloso, ele olha em torno e, depois, ergue os olhos para a lua.

Tem um homem na lua, ocorre-me de súbito. Sentado na lua crescente, ele fuma seu cachimbo e não se preocupa com nada. Só de vez em quando cospe em nós, aqui embaixo.

Talvez ele tenha razão.

Há de saber o que faz...

Por volta das duas e meia da madrugada, enfim a moça aparece, e tão silente que só notei sua presença já em pé ao lado do Z. De onde ela veio?

Simplesmente estava ali.

Agora, ela o abraça, e ele a ela.

Beijam-se.

Ela está de costas para mim, não posso vê-lo. Deve ser mais alta que ele...

Agora vou até lá para falar com os dois.

Levanto-me com cuidado para que não me ouçam.

Do contrário, ela vai fugir de mim.

E quero falar com ela também.

Os dois seguem se beijando.

É erva daninha que precisa ser erradicada, passa-me de repente pela cabeça.

Vejo uma velha cega que tropeça e cai.

E só consigo pensar na moça que se empertiga e espia por cima da sebe.

Ela deve ter belas costas.

Eu gostaria de ver seus olhos...

Então chega uma nuvem e tudo fica escuro.

Não é grande a nuvem, vejo sua borda prateada. Quando a lua tornar a brilhar, vou até lá.

E a lua brilha de novo.

A moça está nua.

Ele se ajoelha diante dela.

Ela é muito branca.

Eu espero.

Gosto dela cada vez mais.

Vá! Diga que você abriu a caixinha! Que foi você, e não o N! Vá logo, vamos!

Não vou.

Agora ele está sentado no tronco de uma árvore, e ela, nos joelhos dele.

Tem pernas magníficas.

Vá!

Sim, agora mesmo...

E novas nuvens chegam, mais negras, maiores. Elas não têm bordas prateadas e recobrem a terra.

O céu se foi, não vejo mais nada.

Ponho-me a escutar, mas só ouço passos atravessando a floresta.

Prendo a respiração.

Quem é?

Ou é apenas a tempestade lá em cima?

Não vejo mais nem a mim mesmo.

Onde estão vocês, Adão e Eva?

Com o suor de teu rosto comerás teu pão, mas vocês nem pensam nisso. Eva rouba uma máquina fotográfica, e Adão fecha os dois olhos em vez de vigiar...

Amanhã vou dizer a ele, a esse Z, amanhã bem cedo, que fui eu quem abriu a caixinha.

Amanhã não me deixarei deter por mais nada!

Ainda que o bom Deus me mande mil moças nuas!

A noite fica cada vez mais escura.

Ela me prende, escura e silente.

Agora quero voltar.

Com cuidado, tateio o caminho à minha frente...

Com o braço esticado, toco uma árvore.

Desvio.

Sigo tateando — e estremeço, horrorizado!

O que foi isso?!

Meu coração para de bater.
Quero gritar, alto, bem alto — mas me controlo.
O que foi isso?!
Não, não era uma árvore!
Com a mão esticada, toquei um rosto.
Tremo.
Quem está aí, bem diante de mim?
Não ouso avançar.
Quem é?!
Ou será que me enganei?
Não, senti muito bem: o nariz, os lábios...
Sento-me no chão.
O rosto ainda está ali?
Espere até a luz voltar!
Não se mexa!
Sobre as nuvens, o homem na lua fuma.
Cai uma chuva leve.
Pois cuspa em mim, homem na lua!

20.
O penúltimo dia

Por fim alvorece, a manhã chega.

Não há ninguém diante de mim, rosto nenhum, nada.

Esgueiro-me de volta acampamento adentro. O sargento está deitado de costas, a boca aberta. A chuva bate na lona da barraca. Só agora sinto-me cansado.

Dormir, dormir...

Quando acordo, o regimento já partiu. Assim que o Z voltar, vou dizer a ele que fui eu, e não o N.

É o penúltimo dia.

Amanhã, vamos desmontar nossas barracas e voltar para a cidade.

Chove a cântaros, só de vez em quando a chuva para. Os vales recobrem-se de uma névoa espessa. Jamais veremos as montanhas.

Ao meio-dia, o regimento retorna, mas não vem completo.

Falta o N.

Deve ter se perdido, crê o sargento, com certeza nos encontrará.

Penso nas cavernas mencionadas no diário do Z e fico inseguro. É medo?

Preciso contar a ele agora mesmo, já está mais do que na hora!

Sentado em sua barraca, o Z escreve. Está sozinho. Ao me ver, fecha o diário depressa e me olha com desconfiança.

"Ah, escrevendo seu diário outra vez", digo, e tento sorrir. Em silêncio, ele apenas me olha.

Vejo então que suas mãos estão arranhadas.

Ele nota que estou observando os arranhões, estremece ligeiramente e enfia as mãos nos bolsos.

"Está com frio?", pergunto sem tirar os olhos dele.

Ele segue em silêncio, apenas assente, e um sorriso zombeteiro atravessa-lhe o rosto.

"Escute", começo devagar, "você acha que foi o N quem abriu sua caixinha..."

"Não é que eu ache", ele me interrompe de repente, "foi o que ele fez de fato."

"E como é que você pode saber?"

"Ele próprio me disse."

Olho bem para ele. Ele próprio o disse? Mas isso é impossível, ele não fez nada disso!

O Z lança-me um olhar perscrutador, mas apenas por um momento. Depois, continua: "Ele me confessou hoje de manhã que abriu a caixinha. Com um arame. Mas, depois, não conseguiu mais fechá-la, porque tinha arruinado a fechadura".

"E?"

"E me pediu perdão, e eu o perdoei."

"Perdoou?"

"Sim".

Ele olha indiferente para o nada. Já não sei o que pensar e, de novo, me lembro: "Quem tocar minha caixinha morre!".

Absurdo, absurdo!

"Você sabe onde está o N?", pergunto de chofre.

Ele permanece muito tranquilo.

"Como é que vou saber? Com certeza se perdeu. Uma vez, também já me perdi" — ele se levanta e dá a impressão de que não quer continuar a conversa. Percebo, então, que seu casaco está rasgado.

Devo dizer a ele que está mentindo? Que o N jamais poderia ter confessado, porque fui eu, fui eu quem leu seu diário?

Mas por que o Z está mentindo?

Não, não devo de forma alguma pensar nisso!

Por que não contei a ele de imediato, ontem mesmo, quando ele surrava o N? Porque tive vergonha de confessar diante dos senhores alunos que eu tinha aberto a caixinha em segredo, com um arame, embora o tenha feito com a melhor das intenções. Compreensível, compreensível! E por que dormi demais justo hoje de manhã?! Sim, tinha passado a madrugada inteira na floresta sem abrir a boca! E pouco adiantaria abri-la agora. É tarde demais.

Isso mesmo, também eu sou culpado.

Também eu sou a pedra na qual ele tropeçou, a fossa em que caiu, o rochedo de onde despencou...

Por que ninguém me acordou hoje cedo?!

Eu não queria ser declarado inocente e dormi, em vez de me defender. Com meu livre-arbítrio, queria contrariar os planos, arruinar as contas, mas essa conta já estava paga fazia muito tempo.

Queria salvar a nós todos, mas já havíamos nos afogado. No mar eterno da culpa.

Mas de quem é a culpa por a fechadura ter estragado?

Por ela não fechar mais?

Aberta ou fechada, tanto faz: eu precisava ter falado!

Os caminhos da culpa se tocam, se cruzam, embaralham-se. Um emaranhado. Um labirinto com espelhos a distorcer as imagens.

Uma quermesse, um parque de diversões!

Venham todos, senhoras e senhores!

Penitenciem-se e paguem pela culpa de sua existência!

Só não tenham medo, é tarde demais!

Depois do almoço, saímos todos em busca do N. Vasculhamos a região, chamamos: "N!" — chamamos de novo, "N!", mas não obtemos resposta nenhuma. Eu tampouco esperava obtê-la.

Já escurecia quando voltamos. Encharcados, congelados. A busca havia sido em vão.

"Se continuar chovendo assim", o sargento esbraveja, "vamos ter um belo de um dilúvio!"

E, de novo, ocorreu-me. Quando a chuva cessou e as águas do pecado refluíram, o Senhor disse: "Eu não amaldiçoarei nunca mais a terra por causa do homem".

E outra vez me pergunto: o Senhor cumpriu sua promessa?

Chove cada vez mais forte.

"Precisamos avisar a polícia de que o N está desaparecido", diz o sargento.

"Amanhã."

"Eu não entendo esta sua tranquilidade, senhor professor."

"Acho que ele se perdeu, é fácil perder-se, e talvez ele passe a noite em alguma propriedade rural."

"Elas não existem nesta região, que só tem cavernas."

Aguço os ouvidos. A palavra "caverna" desfere-me novo golpe.

"Tomara que ele esteja mesmo em alguma caverna", prossegue o sargento, "e que não tenha quebrado nada."

Sim, tomara...

De repente, eu lhe pergunto: "Por que o senhor não me acordou hoje cedo?".

"Acordar?" Ele ri. "Tentei inúmeras vezes, mas o senhor ficou ali deitado como se o diabo o tivesse carregado!"

Certo, Deus é o que há de mais terrível neste mundo.

21.
O último dia

No último dia de nosso acampamento, Deus apareceu.

Eu já o aguardava.

O sargento e os rapazes estavam desmontando as barracas quando ele chegou.

Seu aparecimento foi horrível. O sargento sentiu-se mal e precisou sentar-se. Os rapazes, de pé à toda volta, ficaram horrorizados, semiparalisados. Só pouco a pouco tornaram a se mover, e cada vez mais agitados.

Apenas o Z mal se mexia.

Fitava o chão e caminhava para cima e para baixo. Mas só uns poucos metros. Sempre de um lado para outro.

Depois, começou uma gritaria, ou assim me pareceu.

Só o Z permaneceu calado.

O que tinha acontecido?

Dois trabalhadores florestais tinham vindo até o acampamento, dois lenhadores carregando mochila, serra e machado. E contaram que haviam encontrado um rapaz. Estavam com sua carteirinha da escola.

Era o N.

Tinham-no encontrado caído numa vala próxima às cavernas, não muito longe de uma clareira. Com um ferimento aberto na cabeça. Deviam tê-lo golpeado com uma pedra ou algum objeto contundente.

De todo modo, ele se fora. Estava morto.

Havia sido morto com um golpe, disseram os homens.

Desci para a aldeia com os trabalhadores. Até a polícia. Corríamos quase. Deus ficou para trás.

Os policiais telefonaram para a promotoria da cidade mais próxima, e eu enviei um telegrama para meu diretor. Os investigadores chegaram e se dirigiram para o local do crime.

Ali jazia o N, no interior da vala.

Estava deitado de bruços.

Agora o estavam fotografando.

Os cavalheiros vasculhavam o entorno imediato. Faziam-no com extremo rigor. Estavam à procura de pistas e da arma do crime.

Descobriram que o N não havia sido morto naquela vala, e sim a cerca de vinte metros de distância. Via-se com clareza a marca deixada quando o arrastaram para dentro da vala, para que ninguém o encontrasse.

E acharam também a arma do crime. Uma pedra pontuda manchada de sangue. Bem como um lápis e uma bússola.

O médico constatou que a pedra devia ter atingido a cabeça do N com muita força e de muito perto. Por trás, à traição.

O N estava fugindo?

O crime devia ter sido precedido de intensa luta, porque seu casaco estava rasgado, e suas mãos, arranhadas...

Quando os investigadores entraram no acampamento, logo olhei para o Z. Ele estava sentado algo apartado dos demais. Também o seu casaco está rasgado, passou-me pela cabeça, e as mãos, arranhadas.

Mas vou tomar o cuidado de não tocar no assunto! Meu casaco, é certo, não tem nenhum rasgo, minhas mãos não estão arranhadas e, no entanto, também sou culpado!

Os cavalheiros nos interrogaram. Nenhum de nós sabia coisa alguma sobre o curso dos acontecimentos. Tampouco eu. E tampouco o Z.

Quando o promotor me perguntou: "O senhor não tem nenhuma suspeita?" — aí tornei a ver Deus, que saía da barraca onde o Z dormia e levava o diário nas mãos.

Agora ele falava com o R, sem tirar os olhos do Z.

O pequeno R parecia não ver Deus, apenas o ouvia. Seus olhos foram se fazendo cada vez maiores, como se de repente divisassem terra nova.

Então, torno a ouvir o promotor: "Diga-me logo! O senhor não tem nenhuma suspeita?".

"Não."

"Senhor promotor", gritou o R de súbito, adiantando-se, "o Z e o N viviam brigando! É que o N leu o diário do Z e, por isso, tornou-se seu inimigo mortal — o Z mantém um diário, está na caixinha azul de latão!"

Todos olharam para o Z.

Lá está ele, cabisbaixo. Não se vê seu rosto. Está branco ou vermelho? Devagar, ele se adianta e se detém diante do promotor.

Faz-se grande silêncio.

"Sim", ele diz baixinho, "fui eu."

E começa a chorar.

Lanço um olhar para Deus.

Ele sorri.

Por quê?

E enquanto me faço essa pergunta, ele desaparece. Foi-se outra vez.

22.
Os colaboradores

Amanhã começa o julgamento.

Estou sentado no terraço de um café e leio os jornais. Esfria ao anoitecer, porque o outono chegou.

Há dias os jornais falam da grande sensação. Alguns sob a manchete "O caso Z", outros sob o título "O caso N". Trazem considerações, desenhos, desenterram velhos crimes tendo jovens como protagonistas, falam sobre a juventude em si, fazem profecias, desviam-se do tema principal e, não obstante, sempre acabam encontrando um caminho de volta para o assassinato de N e para seu assassino, Z.

Hoje de manhã, um jornalista apareceu em minha casa para entrevistar-me. Já devem ter publicado a entrevista na edição vespertina. Procuro o jornal. O jornalista chegou mesmo a me fotografar. Sim, ali está minha foto! Eu mal teria me reconhecido. Na verdade, ficou muito boa. E, logo abaixo, leio: "O que diz o professor?".

Pois bem, o que digo eu?

"Um de nossos colaboradores esteve hoje de manhã no liceu municipal onde leciona o professor a quem coube, na primavera, supervisionar o acampamento em que sucederia a tragédia fatal entre os jovens alunos. O professor afirmou estar diante de um enigma ainda sem solução. Segundo ele, Z sempre foi aluno brilhante, em quem jamais notou qualquer anormalidade, menos ainda defeitos ou algum instinto assassino. Nosso colaborador fez-lhe então uma pergunta de graves implicações: poderia o crime ter suas raízes em certo embrutecimento da juventude? O professor negou peremptoriamente. A juventude atual, declarou, não estaria embrutecida, mas seria antes, e graças a uma regeneração generalizada, bastante consciente de seus deveres, propensa à abnegação e absolutamente patriótica. Esse assassinato, concluiu, seria um lamentável caso isolado, um retrocesso à pior época liberal. O sinal toca, o recreio acabou e o professor se despede. Retorna, então, à sala de aula para fazer de jovens almas de mente aberta valorosos compatriotas. Graças a Deus, o caso Z é apenas uma exceção, manifestação excepcional de um individualismo criminoso!"

À minha entrevista segue-se a do sargento. Também sua foto está no jornal, mas sua aparência é a de trinta anos atrás. Um sujeito vaidoso.

E o que diz o sargento?

"Nosso colaborador esteve também com o responsável pela instrução militar. O chefe da instrução militar, chamada IM, recebeu-o com extrema gentileza, embora com a rigidez do ex-soldado ainda e sempre em forma. Em sua opinião, o crime resultaria de uma falta de disciplina. Pronunciou-se também, pormenorizadamente, sobre o estado do cadáver da vítima ao ser encontrado. Afirmou, então, ter participado de toda a Guerra Mundial, mas jamais ter visto ferimento tão pavoroso. 'Como um velho soldado, sou pela paz', concluiu ele sua elucidativa entrevista.

"Nosso colaborador visitou também a presidente da Associação contra o Abandono das Crianças, a senhora K, esposa do limpador de chaminés. A presidente lamenta profundamente o ocorrido. A valorosa senhora há dias não consegue dormir, atormentada por sonhos terríveis. Em sua opinião, estaria mais do que na hora de as autoridades competentes enfim construírem reformatórios melhores em face da necessidade social."

Sigo folheando o jornal. E quem é este? Ah, sim, o padeiro N, pai do jovem morto! Há uma foto de sua esposa também, a sra. Elisabeth N, ou S, quando solteira.

"Sua pergunta", o padeiro diz ao colaborador, "respondo de bom grado. O tribunal incorruptível vai determinar se nosso pobre Otto não terá sido vítima tão somente da leviandade criminosa da supervisão, e refiro-me aqui exclusivamente ao professor, e não à IM, de forma alguma. *Justitia fundamentum regnorum*.* Seria necessário agora peneirar cuidadosamente o corpo docente, porque ainda pululam ali os inimigos camuflados do Estado. Nos vemos em Filipos!"

E a senhora do padeiro acrescenta: "O Ottozinho era meu sol. Agora só me resta meu marido. Mas o Ottozinho e eu, nós seguimos sempre em contato espiritual. Sou membro de um círculo espírita".

Continuo lendo.

Outro jornal diz: "A mãe do assassino mora num apartamento de três quartos. É viúva do professor universitário Z, morto há cerca de dez anos. O professor Z era um respeitado fisiologista. Seus estudos sobre a reação dos nervos a amputações causaram sensação não apenas em círculos especializados. Há cerca de vinte anos, ele foi o principal alvo da Associação contra a Vivissecção. A esposa do senhor professor Z infelizmente se nega a nos dar qualquer declaração. Diz apenas: 'Meus senhores, os senhores não conseguem imaginar tudo pelo que estou passando?'. É uma senhora de estatura mediana. Vestia luto".

E, em outro jornal ainda, descobri o advogado de defesa do acusado. Também ele já falou comigo três vezes e parece entusiasmado com o caso. Um jovem advogado que sabe muito bem o que está em jogo.

---

* "A justiça é o fundamento dos reinos", em latim no original.

Todos os jornalistas voltam sua atenção para ele.

É uma longa entrevista.

"Neste sensacional julgamento por homicídio, meus senhores", assim declara o advogado de defesa no início de sua entrevista, "a defesa encontra-se numa situação precária. É que ela precisa brandir sua espada não apenas contra o promotor, mas também contra o acusado que lhe cabe defender."

"Como assim?"

"O acusado, meus senhores, declara-se culpado de um crime contra outra pessoa. Trata-se de homicídio simples, e não de homicídio qualificado, peço toda a atenção para isso. Mas, a despeito da confissão do jovem acusado, estou firmemente convencido de que não foi ele quem o cometeu. Estou convicto de que está acobertando outra pessoa."

"O senhor por certo não deseja afirmar, senhor doutor, que outra pessoa cometeu o crime?"

"Isso mesmo, meus senhores, é o que estou afirmando, e com muita ênfase! É o que me diz um sentimento indefinível, o instinto de caça do criminalista, por assim dizer, mas, além disso, tenho também motivos específicos para afirmá-lo. Não foi ele! Pensem um pouco no motivo do crime! Ele mata o colega porque este leu seu diário. Mas o que havia no diário? Sobretudo o caso com aquela degenerada. Ele está protegendo a moça e, sem refletir, anuncia: 'Quem tocar minha caixinha morre!'. Claro, é evidente! Tudo depõe contra ele, mas, por outro lado, nem tudo. À parte o fato de sua confissão não prescindir totalmente de uma postura cavalheiresca, não chama atenção o fato de ele não dizer nada sobre o homicídio em si? Nem uma única palavrinha sobre o curso dos acontecimentos! Por que ele não nos conta nada a esse respeito? Afirma que não se lembra mais. É falso! Na verdade, não se lembra porque não sabe como, onde e quando o pobre colega foi assassinado. Só sabe que ele foi morto com uma pedra. Mas, quando lhe mostram pedras, diz que não se lembra mais. Meus senhores, ele está acobertando o crime cometido por outra pessoa!"

"Mas e o casaco rasgado e os arranhões nas mãos?"

"É certo que ele encontrou o N num rochedo e que lutou com ele, o que, afinal, nos conta com todos os detalhes. Mas que tenha ido atrás dele e o golpeado por trás com uma pedra — não, isso não! Quem matou o N foi outro, ou antes: outra!"

"O senhor se refere àquela moça?"

"Sim, senhor, é a ela que me refiro! Ela o dominou e segue dominando-o. Ele é escravo dela. Meus senhores, vamos ouvir os psiquiatras também!"

"A moça foi convocada como testemunha?"

"Mas é claro! Ela foi presa numa caverna logo após o crime e já foi condenada há um bom tempo, ela e seu bando. Vamos ouvir e ver Eva, talvez amanhã mesmo."

"Quanto tempo vai durar o julgamento?"

"Calculo que dois ou três dias. Não foram convocadas muitas testemunhas, mas, como disse, vou precisar lutar muito com o acusado. Lutar duro! Vou conseguir! Ele será condenado pelo favorecimento de um furto — e isso será tudo!"

    Sim, isso é tudo.

    De Deus, ninguém fala.

23.
O caso Z ou N

Havia trezentas pessoas diante do Palácio da Justiça.

Todas queriam entrar, mas o portão estava fechado, porque os ingressos para a admissão já tinham sido distribuídos havia semanas. Em geral, pela via dos bons contatos, mas agora o controle era rigoroso.

Nos corredores, mal se conseguia caminhar.

Todos queriam ver o Z.

Sobretudo as damas.

Negligenciadas e elegantes, elas ansiavam por catástrofes que não resultassem num filho.

Deitavam-se com a infelicidade alheia e satisfaziam-se com uma compaixão artificial.

Os lugares reservados à imprensa estavam superlotados.

Entre as testemunhas convocadas estavam: os pais de N, a mãe do Z, o sargento, o R — que dividia a barraca com o Z e com o N —, os dois trabalhadores florestais que haviam encontrado o corpo da vítima, o juiz de instrução, os policiais etc. etc.

E, naturalmente, eu também.

E, naturalmente, Eva também.

Mas ela ainda não estava no tribunal. Antes, tinha de ser conduzida até ali.

O promotor e o advogado de defesa folheavam os autos.

No momento, Eva aguarda sua vez numa cela individual.

Surge o réu. Um guarda o acompanha.

Seu aspecto é o de sempre. Só está mais pálido e pisca os olhos. A luz o incomoda. A risca no cabelo ainda segue em ordem.

Está sentado no banco dos réus como se na carteira de uma sala de aula.

Todos olham para ele.

Ele olha brevemente para o público e vê sua mãe.

Olha fixo para ela — o que sente?

Ao que parece, nada.

A mãe mal olha para ele.

Ou apenas assim parece?

Sim, porque ela está coberta por um espesso véu — todo preto, não se vê seu rosto.

O sargento me cumprimenta e me pergunta se li sua entrevista. Digo que sim, e o padeiro N ouve minha voz com uma expressão odienta.

Provavelmente, seria capaz de me espancar até a morte.

Com um pão duro e velho.

24.
O véu

O juiz presidente do Juizado de Menores adentra a sala do tribunal e todos se levantam. Ele se acomoda e dá início ao julgamento.

Um vovô simpático.

A acusação é lida.

O Z é acusado de homicídio qualificado e, aliás, à traição, e não de homicídio simples.

O vovô assente, como se dissesse: "Ah, essas crianças...".

Depois, volta-se para o réu.

O Z se levanta.

Informa seus dados pessoais e o faz sem constrangimento.

Agora, cabe-lhe fazer um relato livre sobre sua vida. Ele lança um olhar tímido para a mãe e fica constrangido.

Sua infância tinha sido como a de todas as crianças, principia baixinho. Como todos os pais, os seus não eram muito rigorosos. Seu pai morrera muito cedo.

Ele é filho único.

A mãe leva o lenço aos olhos, mas por cima do véu.

Seu filho conta o que queria ser — sim, houve um tempo em que queria ser um grande inventor. Mas só queria inventar miudezas, um novo tipo de fecho ecler, por exemplo.

"Muito sensato", assente o juiz. "E se não inventasse nada?"

"Aí eu teria sido aviador. Do correio aéreo. De preferência, voando para além-mar."

Rumo aos negros? — involuntariamente, é o que me vem à cabeça.

E enquanto o Z fala de seu futuro de então, o momento vai se aproximando cada vez mais — logo chegará o dia da vinda do bom Deus.

O Z descreve o cotidiano no acampamento, os exercícios de tiro, as marchas, o hasteamento da bandeira, o sargento, a mim. E diz uma frase singular: "As opiniões do senhor professor muitas vezes me pareciam infantis".

Perplexo, o juiz pergunta:

"Como assim?"

"É que o senhor professor sempre dizia apenas como o mundo deveria ser, nunca como ele é na realidade."

O juiz olha espantado para o Z. Sente que estamos agora numa região onde impera o rádio? Onde o anseio pela moral transforma-se em ferro-velho enquanto nos prostramos ante a brutalidade do real? Sim, é o que parece sentir, porque procura uma oportunidade propícia para deixar a terra. De súbito, pergunta ao Z: "Você acredita em Deus?".

"Sim", diz ele sem pensar.

"E conhece o quinto mandamento?"

"Conheço."

"Arrepende-se do que fez?"

Faz-se um grande silêncio no tribunal.

"Sim", responde o Z, "me arrependo muito."

Mas soa falso o arrependimento.

O juiz assoa o nariz.

As perguntas se voltam para o dia do crime.

De novo, são repetidos os detalhes conhecidos de todos.

"Partimos em marcha bem cedo", o Z relata pela centésima vez, "e logo avançamos pelo matagal em formação dispersa rumo a uma elevação supostamente de posse do inimigo. Perto das cavernas, encontrei o N por acaso. De pé sobre um rochedo. Sentia uma raiva enorme dele, porque ele tinha aberto minha caixinha. É verdade que tinha negado…"

"Espere!", interrompeu o juiz. "O senhor professor declarou para os autos ao juiz de instrução que você teria dito a ele que o N confessou ter aberto a caixinha."

"Disse por dizer."

"Por quê?"

"Para que nenhuma suspeita recaísse sobre mim, quando descobrissem."

"Ah, prossiga!"

"Começamos a brigar, eu e o N, e ele quase me jogou de cima do rochedo. Aí, fiquei furioso, me levantei e atirei a pedra nele."

"Estavam no rochedo?"

"Não."

"Então onde?"

"Esqueci."

O Z sorri.

Não vão tirar nada dele.

Ele não se lembra mais.

"E a partir de que ponto você tem memória?"

"Retornei ao acampamento e escrevi no meu diário que tinha brigado com o N."

"Sim, essa é a última entrada, mas você não terminou de escrever a última frase."

"Porque o senhor professor me atrapalhou."

"O que ele queria de você?"

"Não sei."

"Bem, ele com certeza vai nos contar."

Sobre a mesa do juiz estão o diário do Z, um lápis e uma bússola. E uma pedra.

O juiz pergunta ao Z se ele reconhece a pedra.

O Z assente.

"E de quem são o lápis e a bússola?"

"Não são meus."

"Pertencem ao pobre N", diz o juiz, tornando a olhar para os autos. "Ou melhor, não! Só o lápis era do N! Por que você não diz que a bússola é sua?"

O Z enrubesce.

"Eu tinha me esquecido", desculpa-se baixinho.

Então o advogado de defesa se levanta. "Senhor juiz, talvez a bússola de fato não seja dele."

"O que o senhor quer dizer com isso?"

"Quero dizer que essa bússola fatal, que não é do N, talvez não seja mesmo do Z, talvez pertença a uma terceira pessoa. Peço ao senhor que pergunte ao réu se de fato não havia uma terceira pessoa quando o crime aconteceu."

O advogado torna a sentar-se, e o Z lança um olhar breve e hostil em sua direção.

"Não havia terceira pessoa nenhuma", ele diz com firmeza.

De novo, o advogado se levanta de um salto: "Como é que ele se lembra tão bem de que não havia uma terceira pessoa, se é incapaz de se lembrar quando, como e onde o crime foi cometido?!".

Nesse ponto, também o promotor se imiscui na conversa.

"Aparentemente, o senhor advogado de defesa está sugerindo", diz ele com ironia, "que o homicídio não foi cometido pelo réu, e sim pelo grande desconhecido. Sim, senhor, o grande desconhecido..."

"Não sei se podemos, sem mais", interrompe o advogado, "caracterizar uma moça degenerada que chefia um bando de ladrões como 'a grande desconhecida'..."

"Não foi a moça", o promotor toma-lhe a palavra, "sabe Deus que ela foi interrogada em detalhes, e vamos ouvir também o senhor juiz de instrução como testemunha — isso à parte o fato de que o réu confessou o crime, confessou-o inclusive de pronto, o que, de certo modo, depõe a seu favor. A intenção da defesa de apresentar as coisas como se a moça fosse a assassina e o Z apenas a acobertasse não passa de produto da imaginação!"

"Um minutinho!", o advogado de defesa sorri e se volta para o Z, "Não está escrito no seu próprio diário que ela apanhou uma pedra e a atirou em você, e que, se a pedra o tivesse atingido, você agora estaria morto?"

O Z o contempla tranquilo. Depois, descarta a afirmação com um gesto.

"Eu estava exagerando, era só uma pedrinha pequena."

E, de repente, ele toma a iniciativa:

"Não me defenda mais, senhor doutor advogado, eu gostaria de pagar pelo que fiz!"

"E sua mãe?", grita-lhe o advogado de defesa. "Nem pensa em sua mãe, no que ela está sofrendo?! Você não sabe o que faz!"

O Z baixa a cabeça.

Depois, olha para a mãe. Quase como se a perscrutasse.

Todos olham para ela, mas não veem nada, de tanto véu.

25.
Em casa

Antes de as testemunhas serem ouvidas, o juiz faz uma pausa. É meio-dia. A sala do tribunal vai aos poucos se esvaziando, o réu é levado dali. Defesa e acusação se entreolham, ambas certas da vitória.

Vou passear nos jardins defronte do Palácio da Justiça.
O dia está nublado, gélido e úmido.
As folhas caem — sim, é outono de novo.
Dobro uma esquina e quase me detenho.
Mas logo sigo adiante.
Sentada num banco está a mãe do Z.
Não se move.
É uma senhora de estatura mediana, ocorre-me.
Sem querer, cumprimento-a. Mas ela não responde.
É provável que nem tenha me visto.
É provável que esteja em outro lugar...
Foi-se o tempo em que eu não acreditava em Deus. Hoje, acredito. Mas não gosto d'Ele. Vejo-O ainda diante de mim, no acampamento, falando com o pequeno R sem tirar os olhos do Z. Deve ter olhos penetrantes, insidiosos — gélidos, muito gélidos. Não, Ele não é bom.

Por que permite que a mãe do Z fique sentada ali daquela maneira? O que foi que ela fez? Que culpa tem do crime que o filho cometeu? Por que condena a mãe ao amaldiçoar o filho? Não, Ele não é justo.

Quero fumar um cigarro.

Que burrice, esqueci os cigarros em casa!

Deixo os jardins em busca de uma tabacaria.

Encontro uma numa rua lateral.

É uma lojinha pertencente a um casal de idade bastante avançada. Demora até que o velho abra o maço e a velha conte dez cigarros. Atrapalham-se um ao outro, mas tratam-se com gentileza.

A velha me dá cigarros a menos, e eu, sorridente, chamo a atenção dela para isso. Ela se assusta um bocado. "Que Deus me proteja!", diz. E eu penso comigo: sob a proteção de Deus, certamente estamos seguros.

Como ela não tem troco, vai até o açougueiro do outro lado da rua para trocar dinheiro.

Fico em companhia do velho e acendo um cigarro.

Ele me pergunta se sou do tribunal, uma vez que são sobretudo os senhores do tribunal que vão comprar cigarros ali. E já começa a falar do julgamento. É que o caso é muitíssimo interessante, diz, pode-se observar nitidamente a mão de Deus operando ali.

Escuto com atenção.

"A mão de Deus?"

"Sim", ele diz, "porque, nesse caso, todos os envolvidos parecem culpados. Inclusive as testemunhas: o sargento, o professor e até mesmo os pais."

"Os pais?"

"Sim, porque não é apenas a juventude que não se importa mais com Deus: os pais também não. Fazem como se Ele nem existisse."

Olho para a rua lá fora.

A velha sai do açougue e caminha para a direita, em direção ao padeiro. Ah, o açougueiro tampouco tinha troco.

Não se vê ninguém na rua e, de súbito, não consigo mais me livrar de um pensamento bizarro: é significativo que o açougueiro não tenha troco, penso. É significativo que eu precise esperar ali.

Vejo os edifícios altos e cinzentos e digo: "Se ao menos soubéssemos onde Deus mora".

"Ele mora em toda parte onde não foi esquecido", ouço a voz do velho. "Mora aqui conosco também, é por isso que nunca brigamos."

Prendo a respiração.

O que foi isso?

Era ainda a voz do velho?

Não, não era a sua — era outra voz.

Quem foi que falou comigo?

Não me viro.

E, de novo, ouço aquela voz:

"Ao depor como testemunha e invocar meu nome, não esconda que foi você quem abriu a caixinha."

A caixinha!

Não! Se fizer isso, só vão me punir por não ter mandado prender o ladrão!

"Pois assim deve ser!"

Mas vou perder meu emprego também, meu pão...

"E deve perdê-lo, para que não haja nova injustiça."

E meus pais?! Eu os ajudo!

"Quer que eu lhe mostre sua infância?"

Minha infância?

A mãe berra, o pai xinga. Estão sempre brigando. Não, você não mora aqui. Apenas passa ao largo, e sua presença não traz alegria alguma...

Sinto vontade de chorar.

"Diga", ouço a voz, "diga que você abriu a caixinha. Faça-me esse favor e não torne a me ofender."

26.
A bússola

O julgamento prossegue.

Chega a vez das testemunhas.

Os trabalhadores florestais, os policiais, o juiz de instrução, o sargento, todos já testemunharam. O padeiro N e sua esposa, Elisabeth, também já contaram o que sabiam. Nenhum deles sabia coisa alguma.

O padeiro não pôde deixar de mencionar minha opinião sobre os negros. Fez críticas veementes a meu posicionamento suspeito, e o juiz, embora lhe tenha lançado um olhar de reprovação, não ousou interrompê-lo.

Agora, a mãe do Z é chamada.

Ela se levanta e se apresenta.

O juiz explica que ela pode se abster de depor, mas ela o interrompe e diz que quer testemunhar.

E fala, mas não tira o véu.

Tem uma voz desagradável.

O Z era uma criança quieta, mas raivosa, ela conta, e, essa raiva, ele a herdara do pai. Nunca havia adoecido, tivera apenas as doenças habituais e inofensivas da infância. Doenças mentais tampouco faziam parte do histórico familiar, fossem do lado paterno ou do lado materno.

De repente, ela se interrompe e pergunta: "Senhor juiz, posso fazer uma pergunta a meu filho?".

"Por favor!"

Ela se aproxima da mesa do tribunal, apanha a bússola e se dirige ao filho.

"Desde quando você tem uma bússola?", pergunta, e seu tom é de escárnio. "Nunca teve. Ainda antes de sua partida para o acampamento, nós discutimos, porque você disse: 'Todos têm uma bússola, só eu não tenho, e vou me perder sem ela'. Então de onde veio esta bússola?"

O Z olha fixamente para a mãe.

Triunfante, ela se volta para o juiz: "A bússola não é dele. Quem perdeu esta bússola cometeu o crime!".

A sala do tribunal murmura, e o juiz pergunta ao Z: "Está ouvindo o que sua mãe está dizendo?".

O Z segue olhando fixo para ela.

"Sim", ele responde lentamente, "minha mãe está mentindo."

O advogado de defesa levanta-se depressa: "Eu solicito um parecer especializado sobre o estado mental do réu!".

O juiz afirma que o tribunal se ocupará mais tarde dessa petição.

A mãe fita o Z: "Estou mentindo, você diz?".

"Está."

"Eu não minto!", ela grita de repente. "Nunca menti em toda a minha vida, mas você, sim, sempre mentiu, sempre! Eu digo a verdade, apenas a verdade, mas você só quer proteger essa criatura imunda, essa ordinária degenerada!"

"Ela não é uma ordinária!"

"Cale essa boca!", berra a mãe, cada vez mais histérica. "Você só pensa nesses miseráveis farrapos humanos, sempre, e nunca em sua pobre mãe!"

"A moça tem mais valor do que você!"

"Silêncio!", grita, revoltado, o juiz, condenando o Z a dois dias de prisão por ofensa à testemunha. "Onde já se viu?", repreende, "isso é jeito de tratar a própria mãe? Diz um bocado sobre você!"

E o Z então perde a calma.
Irrompe a raiva herdada do pai.
"Isso lá é mãe?", grita. "Nunca se preocupa comigo, só com seus criados! Desde que nasci, só ouço essa sua voz nojenta xingando as moças na cozinha!"
"Ele sempre ficou do lado das criadas, senhor juiz! Exatamente como meu marido!" Ela abre um breve sorriso.
"Não ria, minha mãe!", o filho a repreende. "Já não se lembra da Tecla?!"
"Que Tecla é essa?!"
"A moça tinha quinze anos, você a atormentava tanto quanto podia! Até onze da noite tinha de passar roupas, precisava se levantar já às quatro e meia da manhã e nem comida recebia! Então ela foi-se embora — lembra-se?"
"Sim, ela roubou!"
"Para poder fugir! Eu tinha seis anos na época e ainda me lembro muito bem de o pai ter chegado em casa e dito que haviam apanhado a pobre moça e que a mandariam para um reformatório! E a culpa foi sua, só sua!"
"Minha?!"
"Foi o que o pai disse também!"
"O pai, seu pai! Esse falava demais!"
"Ele nunca mentiu! Vocês tiveram uma briga terrível, e o pai não dormiu em casa, lembra-se? E a Eva é uma moça como a Tecla — igualzinha! Não, minha mãe, não gosto mais de você!"
Fez-se completo silêncio na sala do tribunal.
Então o juiz disse: "Obrigado, minha senhora!".

27.
A caixinha

Chega a minha vez.
    Já são quinze para as cinco da tarde.
    Presto meu juramento como testemunha.
    Juro por Deus dizer a verdade, nada mais que a verdade.
    Sim, nada mais que a verdade.
    Enquanto faço meu juramento, a sala se inquieta.
    O que está havendo?
    Volto-me brevemente e vejo Eva.
    Nesse momento, ela está se sentando no banco reservado às testemunhas, acompanhada de uma guarda da prisão.
    Queria ver seus olhos, passa-me pela cabeça.
    Vou contemplá-los tão logo tenha dito tudo.
    Agora, não chego a fazê-lo.
    Preciso dar-lhe as costas, porque à minha frente está o crucifixo.
    O filho dele.
    Olho o Z de soslaio.
    Ele sorri.
    Estará ela sorrindo também, às minhas costas?
    Respondo às perguntas do juiz. De passagem, ele volta a tocar no assunto dos negros — sim, nós nos entendemos bem. Dou um testemunho favorável em relação ao N e também no tocante ao Z. Não estava presente no momento do crime. O juiz já faz menção de me dispensar, mas eu o interrompo: "Só mais um detalhe, senhor juiz!".

"Pois não!"

"Aquela caixinha onde estava guardado o diário do Z, não foi o N quem a abriu."

"Não foi o N? Quem foi então?"

"Fui eu. Fui eu que abri a caixinha com um arame."

O efeito que essas palavras produziram foi grande.

O juiz deixou cair o lápis, o advogado de defesa levantou-se de um salto, o Z fitou-me boquiaberto, sua mãe gritou, o padeiro, pálido como massa de pão, levou a mão ao peito.

E Eva?

Não sei.

Sinto apenas uma inquietude geral e angustiada atrás de mim.

Murmúrios, cochichos.

O promotor levanta-se hipnotizado e aponta lentamente o dedo em minha direção. "O senhor?!", pergunta, alongando as sílabas.

"Sim", respondo, e admiro-me com minha tranquilidade.

Sinto uma maravilhosa leveza.

E então conto tudo.

Por que abri a caixinha e por que não o confessei de pronto ao Z. É que senti vergonha, mas tinha havido aí alguma covardia também.

Conto tudo.

Por que li o diário e por que não tomei nenhuma medida legal. Queria contrariar os planos. Corrigir as contas. As contas de outro. Sim, fui um idiota!

Percebo que o promotor começa a tomar notas, mas isso não me incomoda.

Tudo, tudo!

Pois siga contando!

Sobre Adão e Eva também. E sobre as nuvens escuras e o homem na lua!

Quando termino, o promotor se levanta.

"Chamo a atenção da testemunha para o fato de que ela não deve se iludir quanto às consequências de seu interessante depoimento. A promotoria se reserva o direito de acusá-lo de confundir as autoridades e de favorecer um furto."

"Pois não", eu me curvo ligeiramente, "jurei que não diria nada além da verdade."

O padeiro então grita: "Ele é quem tem meu filho na consciência, somente ele!". O senhor N tem um ataque cardíaco e precisa ser retirado da sala. Sua esposa ergue o braço numa ameaça: "Tema, meu senhor", ela grita para mim, "tema pelo senhor diante de Deus".

Não, não tenho mais medo de Deus.

Sinto a repulsa generalizada ao meu redor.

Apenas um par de olhos não me abomina.

São olhos que repousam sobre mim.

Calmos como os lagos escuros nas florestas de minha terra natal.

Eva, você já é o outono?

28.
A expulsão do paraíso

Eva não presta juramento.
"Você conhece isto aqui?", o juiz ergue a bússola e pergunta.
"Sim", ela diz, "mostra a direção."
"Sabe a quem pertence?"
"Minha não é, mas posso imaginar."
"Não trapaceie!"
"Não estou trapaceando. Quero dizer a verdade tanto quanto o senhor professor."
Como eu?
O promotor abre um sorriso irônico.
O advogado de defesa não tira os olhos dela.
"Pois fale!", diz o juiz.
E Eva começa:
"Quando encontrei o Z perto de nossa caverna, o N vinha vindo."
"Então você estava presente?"
"Sim."
"E por que só diz isso agora? Por que mentiu durante toda a investigação, dizendo que não estava presente quando o Z matou o N?"
"Porque o Z não matou o N."
"Não foi o Z? Então quem foi?!"
O suspense é enorme. Todos na sala do tribunal curvam-se para a frente. Curvam-se em direção à moça, mas ela não se deixa intimidar.

O Z está muito pálido.

E Eva relata: "O Z e o N tiveram uma briga terrível, o N era mais forte e jogou o Z do alto do rochedo lá para baixo. Pensei comigo: está morto. Fiquei furiosa, mas pensei também: o N leu o diário e sabe tudo de mim. Peguei, então, uma pedra, aquela pedra ali, e corri atrás dele. Queria dar com a pedra na cabeça dele, queria, sim, mas, de repente, um rapaz que eu não conhecia saltou do matagal, arrancou-me a pedra da mão e correu atrás do N. Vi quando o alcançou e começou a conversar com ele. Foi numa clareira. Ele seguia com a pedra na mão. Eu me escondi, porque fiquei com medo de que os dois voltassem. Mas não voltaram, tomaram outra direção, o N dois passos à frente. De repente, o desconhecido ergue a pedra e, por trás, dá com ela na cabeça do N. O N caiu e não se mexia. O desconhecido curvou-se sobre ele, contemplou-o e, então, arrastou-o para longe. Para uma vala. Não sabia que eu observava tudo. Corri de volta para o rochedo e, lá, encontrei o Z. Não tinha se machucado na queda, só rasgara o casaco e tinha arranhado as mãos...".

O advogado de defesa foi o primeiro a falar: "Solicito que a acusação contra Z seja retirada...".

"Um momento, senhor doutor", o juiz o interrompeu e, voltando-se para o Z, que, pasmado, continuava fitando fixamente a moça, perguntou: "É verdade o que ela está dizendo?".

"Sim", assentiu baixinho o Z.

"Você também viu um jovem desconhecido matar o N?"

"Não, isso não vi."

"Pois então!", o promotor respira aliviado e, satisfeito, recosta-se na cadeira.

"Ele só me viu apanhar a pedra e correr atrás do N", Eva diz.

"Então foi você quem o matou", o advogado de defesa constata.

Mas a moça permanece tranquila.

"Não fui eu."

Ela chega mesmo a sorrir.

"Voltaremos a esse ponto", diz o juiz. "Agora quero ouvir apenas por que vocês não disseram nada disso até hoje, se são inocentes. Vamos lá!"

Os dois permanecem calados.

Depois, a moça recomeça.

"O Z assumiu a culpa porque pensou que eu tinha matado o N. Não quis acreditar quando eu disse que tinha sido outra pessoa."

"E nós devemos acreditar em você?"

Ela torna a sorrir.

"Eu não sei, mas assim é..."

"E você teria assistido com tranquilidade à condenação de um inocente?"

"Com tranquilidade, não, já chorei muito, mas estava com muito medo do reformatório — e depois, bem, acabo de dizer que não foi ele."

"E por que só agora?"

"Porque o senhor professor também disse a verdade."

"Muito estranho!", diz o promotor com um sorrisinho.

"E se o senhor professor não tivesse dito a verdade?", o juiz quer saber.

"Então eu também teria me calado."

"Eu acho que você ama o Z", o advogado de defesa diz sarcasticamente. "Mas esse não é o verdadeiro amor."

As pessoas sorriem.

Eva contempla o advogado com espanto.

"Não", ela diz baixinho, "não amo o Z."

O Z levanta-se de um salto.

"Nunca o amei", ela diz um pouco mais alto e baixa a cabeça.

Devagar, o Z torna a sentar-se e põe-se a contemplar sua mão direita.

Ele queria protegê-la, mas ela não o ama.

Pretendia deixar-se condenar no lugar dela, mas ela nunca o amou.

Assim era...

No que o Z está pensando agora?

Está pensando em seu futuro de outrora?

No inventor? No correio aéreo?

Assim tudo parecia ser...

Logo ele vai começar a odiá-la.

29.
O peixe

"Pois bem", o juiz segue interrogando Eva, "então você perseguiu o N levando esta pedra?"

"Sim."

"E pretendia matá-lo?"

"Mas não o fiz!"

"Em vez disso..."

"Já disse, apareceu um rapaz desconhecido, que me jogou no chão e correu com a pedra atrás do N."

"E que aspecto tinha esse rapaz desconhecido?"

"Foi tudo tão rápido, eu não sei..."

"Ah, o grande desconhecido!", zomba o promotor.

"Seria capaz de reconhecê-lo?", o juiz não dá trégua.

"Talvez. Só me lembro que tinha olhos claros e redondos. Como um peixe."

Como um golpe, a palavra me atinge em cheio.

Levanto-me de um salto e grito: "Um peixe?!".

"O que foi que lhe deu?", o juiz pergunta, admirando-se.

Ficam todos perplexos.

Sim, o que deu em mim?

Penso numa caveira iluminada.

Tempos gélidos se avizinham, ouço Júlio César, a era de peixes. A alma humana se tornará tão imóvel quanto o semblante de um peixe.

Dois olhos claros e redondos me contemplam. Sem nenhum brilho, nenhum fulgor.

É o T.

De pé, à beira da cova aberta.

Vejo-o no acampamento também, e ele sorri baixinho, superior, zombeteiro.

Já sabia que eu tinha aberto a caixinha?

Tinha lido o diário?

Ele nos espionava?

Tinha ido atrás do Z e do N?

O T abre um sorriso estranhamente rijo.

Não me mexo.

E, de novo, o juiz pergunta: "O que foi que lhe deu?".

Devo dizer a ele que estou pensando no T?

Absurdo!

Afinal, por que o T teria matado o N?

Não há nenhum motivo...

E respondo: "Perdão, senhor juiz, mas estou meio nervoso".

"É compreensível", o promotor diz com um sorrisinho.

Deixo a sala do tribunal.

Sei que vão inocentar o Z e condenar a moça. Mas sei também que tudo vai se arranjar.

Amanhã ou depois vai começar a investigação contra mim. Por ter confundido as autoridades e favorecido um furto.

Vão me suspender do magistério.

Vou perder meu ganha-pão.

Mas isso não me dói.

O que vou comer?

Engraçado, não me preocupa.

Lembro-me do bar em que encontrara Júlio César.

Ele não é caro.

Mas não me embebedo.

Vou para casa e me deito.

Não tenho mais medo do meu quarto.

Será que agora Ele mora comigo também?

30.
O peixe não morde o anzol

Certo, o jornal matutino já traz a notícia!

O Z foi condenado apenas por ter confundido as autoridades e favorecido um furto, mas, dadas as circunstâncias atenuantes, a uma pena pequena, ao passo que, no caso da moça, o promotor instaura processo contra ela pelo crime de homicídio qualificado, à traição.

O novo julgamento deve acontecer em três meses.

A degenerada criatura teimou em declarar sua inocência, relata o repórter do tribunal, mas por certo não havia ninguém ali a dar crédito a esse seu clamor. Quem mente uma vez, sabe-se, mentirá de novo! Mesmo o acusado, Z, já não lhe estendeu a mão ao final do julgamento, quando ela se soltou da guarda da prisão e precipitou-se sobre ele para lhe pedir perdão por jamais tê-lo amado!

Aí está, ele já a odeia!

Agora ela está completamente só.

Segue clamando?

Não faça isso, acredito em você...

Espere só, vou pegar o peixe.

Mas como?

Preciso falar com ele, e, aliás, o mais rapidamente possível!

Logo de manhã, recebo pelo correio um comunicado da inspetoria: não posso mais adentrar o liceu enquanto a investigação a meu respeito estiver em curso.

Sei que nunca mais vou poder pisar lá, porque vão me condenar sem demora. E sem circunstâncias atenuantes.

Mas isso agora pouco me importa!

Porque tenho de pegar um peixe, a fim de nunca mais precisar ouvir os gritos de Eva.

Tímida, minha senhoria me traz o café da manhã. Leu meu testemunho no jornal, e toda a floresta murmura. Os colaboradores escrevem sobre "o professor cúmplice de furto", e um deles chega mesmo a me caracterizar como um "assassino espiritual".

Ninguém fica do meu lado.

Bons tempos para o senhor padeiro N, caso o diabo não o tenha carregado essa noite!

Ao meio-dia, estou nas proximidades do liceu em que não posso mais pisar e espero o término das aulas.

Por fim, os alunos deixam o edifício.

E alguns colegas também.

Não podem me ver.

Agora, lá vem o T.

Está sozinho e vira à direita.

Vou devagar ao seu encontro.

Ele me vê e se surpreende por um instante.

Depois, cumprimenta e sorri.

"Que bom que encontrei você", eu lhe digo, "porque tenho diversas coisas a tratar."

"Pois não", ele se curva gentilmente.

"Aqui na rua é muito barulhento. Venha, vamos a uma confeitaria, quero lhe oferecer um sorvete!"

"Ah, obrigado!"

Estamos sentados na confeitaria.

O peixe pede morango e limão.

Toma o sorvete com a colher.

Mesmo comendo ele sorri, constato.

E, de repente, eu o surpreendo: "Preciso falar com você sobre o julgamento".

Ele segue tomando calmamente seu sorvete.

"Está gostoso?"

"Está."

Silenciamos.

"Me diga uma coisa", recomeço, "você acredita que a moça matou o N?"

"Sim."

"Não acredita, portanto, que foi um rapaz desconhecido?"

"Não, ela só inventou isso para se safar."

De novo, ficamos em silêncio.

De súbito, ele para de tomar seu sorvete e me olha com desconfiança: "O que o senhor quer de mim, senhor professor?".

"Pensei que você talvez pudesse ter uma ideia de quem era esse jovem desconhecido", disse-lhe lentamente, fitando seus olhos redondos.

"Como assim?"

Num movimento ousado, minto: "Porque sei que você está sempre espionando".

"Sim", ele diz com tranquilidade, "já vi muita coisa."

Agora, torna a sorrir.

Ele sabia que eu tinha aberto a caixinha?

Pergunto: "Você leu o diário?".

Ele me olha fixo: "Não. Mas vi o senhor, senhor professor, esgueirando-se para fora do acampamento e observando o Z e a moça...".

Sinto um calafrio.

Ele me observa.

"O senhor me tocou o rosto, eu estava bem ali. O senhor ficou muito assustado, mas eu não tenho medo, senhor professor."

Tranquilo, ele volta a tomar seu sorvete.

E, de repente, me chama atenção que não se deleite nem um pouco com meu aturdimento. Só de vez em quando espreita-me com um olhar, como se constatasse alguma coisa.

Engraçado, vem-me à mente um caçador.

Um caçador que mira com frieza e só atira quando tem certeza de que vai acertar.

Que não sente prazer nenhum ao fazê-lo.

Mas por que caça, então?

Por quê, afinal?

"Você se dava bem com o N?"

"Sim, nós nos dávamos muito bem."

Como eu gostaria de perguntar agora: e por que, então, você o matou? Por quê? Por quê?!

"O senhor me faz perguntas, senhor professor", diz ele de súbito, "como se eu tivesse matado o N. Como se fosse eu o rapaz desconhecido, mas o senhor sabe muito bem que ninguém faz ideia de que aspecto ele tinha, se é que esse rapaz existe de verdade. Até mesmo a moça só sabe que ele tinha olhos de peixe..."

E você? — penso comigo.

"... e eu, afinal, não tenho olhos de peixe, tenho os olhos claros de uma corça, como diz minha mãe e como, aliás, diz todo o mundo. Por que o senhor sorri, senhor professor? O senhor é quem tem olhos de peixe, muito mais do que eu..."

"Eu?!"

"O senhor não sabe, senhor professor, o apelido que tem no liceu? Nunca ouviu? Chamam o senhor de 'o peixe'."

Sorrindo, ele ainda confirma com um movimento da cabeça.

"Sim, senhor professor, porque o senhor exibe sempre um rosto assim, imóvel. Nunca se sabe o que está pensando ou se se preocupa de fato com alguém. Dizemos sempre que o senhor professor apenas observa. Se alguém, por exemplo, fosse atropelado na rua, só observaria o atropelado deitado ali, apenas para saber ao certo como é, mas não sentiria nada, ainda que o atropelado morresse..."

De repente, ele para, como se tivesse falado demais, e lança-me um olhar assustado, mas apenas por uma fração de segundo.

Por quê?
Ah, já tinha o anzol na boca, mas pensou melhor.
Já queria morder, não é? Mas notou a linha.
E agora nada de volta em direção ao mar.
Ainda não foi fisgado, mas se traiu.
Pois espere só, vou pescar você!

O T se levanta: "Agora preciso ir para casa, a comida está pronta e, se me atrasar, vou arrumar encrenca".

Agradece, então, pelo sorvete e vai-se embora.
Eu o acompanho com o olhar e ouço os gritos da moça.

31.
Bandeiras

Quando acordei no dia seguinte, dei-me conta de que tinha sonhado bastante. Só não me lembrava mais com o quê.

Era feriado.

Comemorava-se o aniversário do plebeu supremo.*

A cidade estava cheia de bandeiras e faixas penduradas.

Pelas ruas, marchavam as moças em busca do piloto desaparecido, os rapazes que deixam morrer todos os negros e os pais que acreditam nas mentiras escritas nas faixas. E os que não acreditam nelas marcham também. Divisões sem caráter sob o comando de idiotas. Todos num mesmo passo, na mesma passada.

Seus cantos falam de um passarinho chilreando sobre a tumba de um herói; de um soldado asfixiado pelo gás; das moças de cabelos castanho-escuros que, em casa, comem as sobras do lixo; e de um inimigo que, na verdade, nem existe.

Assim os idiotas e os mentirosos louvam o dia em que nasceu o plebeu supremo.

E, enquanto penso essas coisas, constato com certa satisfação que também em minha janela tremula uma bandeirinha.

Eu a pendurei ali já na noite passada.

---

* Comemorações, bandeiras e faixas fazem referência aqui ao aniversário de Adolf Hitler, o "plebeu supremo".

Quem tem de lidar com criminosos e tolos precisa agir como os criminosos e os tolos, do contrário perecerá. Por completo.

Precisa hastear a bandeira em sua casa, ainda que já não tenha casa nenhuma.

Onde não se tolera mais o caráter, mas apenas a obediência, a verdade se vai e a mentira se instala.

A mentira, mãe de todos os pecados.

Hastear bandeiras!

Melhor do que morrer é ter o que comer!

Assim eu seguia pensando, quando de repente ocorreu-me: mas que pensamentos são esses? Você se esqueceu de que está suspenso do magistério? Não cometeu nenhum perjúrio, disse que tinha aberto a caixinha. Pois pode pendurar sua bandeira, homenagear o plebeu supremo, rastejar na poeira diante do lixo e mentir até não poder mais — não muda nada! Perdeu seu ganha-pão!

Mas não se esqueça de que falou com uma instância superior!

Segue morando no mesmo edifício, mas num andar mais alto.

Em outro plano, outra morada.

Então não notou que seu quarto ficou menor? Assim como a mobília, o guarda-roupa, o espelho...

Ainda pode se ver no espelho, ele segue grande o bastante. Sim, com certeza! Também você é apenas um homem que quer trajar sua gravata bem alinhada.

Mas dê uma olhada pela janela!

Como tudo ficou mais distante! Quão minúsculos tornaram-se de repente os grandes senhores, quão pobres os ricos plebeus! Que ridículo!

Quão desbotadas as bandeiras!

Ainda consegue ler as faixas?

Não.

Ouve o rádio?

Mal consigo ouvi-lo.
A moça nem precisaria gritar tão alto para sobrepujá-lo.
Já não grita, aliás.
Apenas chora baixinho.
Mas sobrepuja tudo.

32.
Um de cinco

Estou escovando os dentes quando minha senhoria aparece.

"Tem um aluno aí fora que gostaria de falar com o senhor."

"Um momento!"

A senhoria se vai, e visto meu roupão.

Um aluno? O que quer?

Só consigo pensar no T.

O roupão foi presente de Natal. De meus pais. Eles sempre disseram: "Você não pode viver sem um roupão!".

Ele é verde e lilás.

Meus pais não entendem nada de cores.

Batem na porta.

"Entre!"

O aluno entra e se curva.

Não o reconheço de pronto — claro, é um dos B!

Eu tinha cinco B em minha sala, mas esse é o que menos me chamava atenção. O que ele quer? Como é que não está marchando lá fora?

"Senhor professor", ele principia, "eu pensei muito se isso não seria importante. Creio que preciso contar ao senhor."

"O que é?"

"Essa história da bússola não me deixou em paz."

"Bússola?"

"Sim, é que li no jornal que encontraram uma bússola junto do morto, do N, e que ninguém sabe a quem ela pertence..."

"Pois então?"

"Eu sei quem perdeu essa bússola."

"Quem?"

"O T."

O T?! Estremeço.

Nadando de novo em minha direção?

Sua cabeça emerge das águas escuras? Você vê a rede?

Ele nada, nada sem parar...

"Como é que você sabe que a bússola é do T?", pergunto ao B e me esforço por soar indiferente.

"Porque ele a procurou por toda parte. Nós dormíamos na mesma barraca."

"Não está sugerindo que o T tem algo a ver com o assassinato..."

Ele se cala e olha para o canto do quarto.

Sim, é o que ele está dizendo.

"Acha que o T seria capaz disso?"

Ele me olha espantado, quase perplexo.

"Acho que todo mundo é capaz de tudo", diz.

"Mas não de um assassinato!"

"Por que não?"

Ele sorri. Não, não é um sorriso zombeteiro. É, antes, um sorriso triste.

"Mas por que o T haveria de matar o N, por quê? Não tem qualquer motivo!"

"O T sempre dizia que o N era muito burro."

"Mas isso não é motivo!"

"Não, só isso, não. Mas sabe, senhor professor, o T tem uma curiosidade terrível, quer sempre saber ao certo como as coisas são na realidade, e uma vez me disse que gostaria muito de ver como é quando alguém morre."

"O quê?!"

"Sim, que gostaria de ver como é. Sempre teve a fantasia de ver também como uma criança vem ao mundo."

Aproximo-me da janela. Por um momento, não consigo falar nada.

Lá fora, seguem marchando, os pais e os filhos.

E de súbito me chama atenção outra vez o fato de o B estar aqui, em minha casa.

"Por que você não está marchando com os outros?", pergunto. "É seu dever!"

Ele abre um sorrisinho. "Disse que estava doente."

Nossos olhares se encontram. Estamos nos entendendo?

"Não vou denunciar você", digo.

"Eu sei", ele responde.

O que é que você sabe? — penso.

"Não gosto mais de marchar e não suporto mais ser comandado para lá e para cá. Todo mundo grita com você só porque é dois anos mais velho! E esses discursos insossos, sempre a mesma coisa, tudo besteira!"

Sou obrigado a sorrir.

"Espero que você seja o único na sala que pensa assim!"

"Ah, não! Já somos quatro!"

Quatro? Já?

E desde quando?

"O senhor se lembra, senhor professor, do que disse sobre os negros, ainda na primavera, antes do acampamento? Naquela época, todos assinamos um documento dizendo que não queríamos mais o senhor. Mas eu só fiz aquilo sob pressão, porque o senhor naturalmente tinha toda a razão sobre os negros. Depois, pouco a pouco, encontrei mais três que pensavam como eu."

"E quem são esses três?"

"Isso não posso dizer. Nossos estatutos me proíbem."

"Estatutos?"

"Sim, é que fundamos um clube. Agora, mais dois se juntaram a nós, mas esses não são alunos. Um é aprendiz de padeiro, o outro, um moço de recados."

"Um clube?"

"Nós nos reunimos toda semana e lemos tudo que é proibido."

"Ah!"

Como foi que disse o Júlio César?

Eles leem tudo em segredo, mas apenas para poder zombar. Seu ideal é o escárnio. Tempos gélidos se avizinham.

E pergunto ao B:

"E, depois, ficam sentados juntos em seu clube, zombando de tudo, é isso?"

"Ah, não! Zombar é estritamente proibido entre nós, está no artigo 3! Sim, existem aqueles que sempre escarnecem de tudo, o T, por exemplo, mas não somos assim. Nós nos reunimos e, depois, discutimos o que lemos."

"E?"

"E aí conversamos sobre como deveriam ser as coisas neste mundo."

Ouço com atenção.

Como as coisas deveriam ser?

Olho para o B, e o Z me vem à mente.

Ele diz ao juiz: "O senhor professor sempre diz apenas como o mundo deveria ser, nunca como ele é na realidade".

E vejo o T.

O que Eva havia dito no julgamento?

"O N caiu. O desconhecido curvou-se sobre ele, contemplou-o e, então, arrastou-o para longe. Para uma vala."

E, antes, o que tinha dito o B?

"O T quer sempre saber apenas como as coisas são na realidade."

Por quê?

Só para poder escarnecer de tudo?

Sim, tempos gélidos se avizinham...

"Ao senhor, senhor professor", torno a ouvir a voz do B, "podemos dizer tudo com tranquilidade. É por isso que agora recorro ao senhor com minha suspeita, para me aconselhar com o senhor sobre o que fazer."

"E por que justamente comigo?"

"Todos dissemos ontem no clube, ao ler no jornal seu testemunho sobre a caixinha, que o senhor é o único adulto amante da verdade que conhecemos."

33.
O clube intervém

Hoje, vou com o B até o juiz de instrução responsável pelo caso. Ontem, seu gabinete estava fechado por causa do feriado nacional.

Relato ao juiz que é possível que o B saiba a quem pertence a bússola perdida, mas ele educadamente me interrompe, afirmando que a questão da bússola já tinha sido esclarecida. Tinham constatado sem sombra de dúvida que a bússola havia sido roubada do prefeito da aldeia próxima de nosso acampamento. Era provável que a moça a tivesse perdido, e, se não ela, alguém de seu bando, talvez até mesmo em oportunidade anterior, casualmente, de passagem pela futura cena do crime, que havia sido cometido nas proximidades da caverna dos ladrões. A bússola não tinha mais nenhuma importância.

Despedimo-nos, então, e o B exibe uma cara de decepção.

Não tem mais nenhuma importância? — penso comigo. Bem, não fosse a bússola, esse B jamais teria vindo até mim.

Noto que agora penso diferente de antes.

Minha expectativa é a de ver conexões por toda parte.

Tudo tem importância.

Sinto a presença de uma lei incompreensível...

Na escada, encontramos o advogado de defesa.

Ele me cumprimenta efusivamente.

"Estava para agradecer ao senhor por escrito", diz, "porque só mediante seu testemunho franco e destemido me foi possível esclarecer essa tragédia!"

De passagem, ele menciona ainda que o Z já está curado por completo de sua paixão e que a moça teve convulsões histéricas e está agora no hospital da prisão. "Pobrezinha!", acrescenta depressa e vai-se a toda pressa, a fim de esclarecer novas tragédias.

Eu o acompanho com o olhar.

"Sinto pena da moça", ouço de repente a voz do B.

"Eu também."

Descemos a escada.

"Alguém precisaria ajudá-la", o B diz.

"Sim", concordo, e penso nos olhos dela.

E nos lagos calmos das florestas de minha terra.

Está no hospital.

Também agora as nuvens passam lá no alto, sobre sua cabeça, as nuvens com bordas prateadas.

Ela não me acenou com a cabeça antes de dizer a verdade?

E o que havia dito o T? Ela é a assassina, só quer se safar...

Odeio o T.

De súbito me detenho.

"É verdade", pergunto ao B, "que vocês me deram o apelido de 'peixe'?"

"Claro que não! Só o T o chama assim. O apelido do senhor é bem outro!"

"E qual é?"

"Para nós, o senhor é 'o negro'."

Ele ri, e eu rio também.

Seguimos descendo a escada.

De repente, ele fica sério de novo.

"Senhor professor", ele pergunta, "o senhor também não acha que foi o T, ainda que a bússola perdida não seja dele?"

Detenho-me outra vez.

O que devo dizer?

Devo dizer "é possível, talvez, quem sabe"?

Mas digo:

"Sim. Também acho que foi ele."

Os olhos do B se iluminam.

"Foi ele, sim", diz, entusiasmado, "e nós vamos pegá-lo!"

"Tomara!"

"Vou impor uma resolução ao clube: a de que devemos ajudar a moça! Afinal, segundo o artigo 7, não existimos apenas para ler livros, mas também para viver de acordo com eles."

E eu lhe pergunto: "Qual o lema de vocês?".

"Pela verdade e pela justiça!"*

Ele está fora de si, tamanha é sua disposição para agir.

O clube vai observar o T, cada um de seus passos, dia e noite, e vai me fazer um relatório diário.

"Ótimo", eu digo, e só posso sorrir.

Também na minha infância brincávamos de índio.

Mas agora a selva é outra.

Agora, estamos nela de fato.

---

* Lema da Liga Alemã pelos Direitos Humanos, à qual Horváth pertencia.

34.
Duas cartas

Na manhã seguinte, recebo uma carta indignada de meus pais. Estão transtornados porque perdi meu emprego. Então não pensara neles ao contar a história da caixinha, sem necessidade nenhuma? Por que tinha contado aquilo, afinal?!

Sim, pensei em vocês. Em vocês também.

Acalmem-se, com certeza não vamos passar fome!

"Não dormimos a noite toda", escreve minha mãe, "pensando em você."

Foi?

"O que fizemos para merecer isso?", pergunta meu pai.

Ele é um capataz aposentado, e eu me vejo agora pensando em Deus.

Ainda não creio que more na casa deles, embora meus pais frequentem a igreja todo domingo.

Eu me sento para escrever-lhes uma carta.

"Queridos pais! Não se preocupem, Deus há de ajudar..."

E não consigo ir adiante. Por quê?

Eles sabiam que eu não acreditava em Deus, e agora vão pensar: veja só, quando as coisas vão mal, ele fala em Deus!

Ninguém deve pensar isso!

Não, que vergonha...

Rasgo a carta.

Sim, ainda tenho meu orgulho!

E passo o dia todo querendo escrever a meus pais.

Mas não o faço.

Volta e meia recomeço, mas sou incapaz de escrever a palavra "Deus".

Anoitece, e de repente volto a sentir medo de minha casa. Está tão vazia.

Saio.

Vou ao cinema?

Não.

Vou ao bar, o que não é caro.

Lá, encontro Júlio César, que é freguês habitual.

Ele fica feliz de fato em me ver.

"Muito digno de sua parte contar sobre a caixinha, altamente digno! Eu não teria contado! Meus respeitos, parabéns!"

Bebemos e conversamos sobre o julgamento.

Eu lhe conto sobre o peixe...

Ele me ouve com atenção.

"Claro que ele é o peixe", diz. Depois, sorri: "Se eu puder ser de ajuda para apanhá-lo, estou à sua disposição, porque também tenho meus contatos...".

Sim, ele sem dúvida os tem.

A todo momento, nossa conversa é interrompida. Vejo que Júlio César é cumprimentado com reverência, muitos vão até ele em busca de conselho, porque é um homem de conhecimentos, um sábio.

É tudo erva daninha.

Ave Caesar, morituri te salutant!*

E em mim desperta de súbito o anseio pela depravação. Como eu gostaria de ter uma caveira como alfinete de gravata, uma caveira que acendesse!

---

* "Salve, imperador, os que vão morrer te saúdam!", em latim no original. De acordo com Suetônio, frase que os gladiadores diziam diante da tribuna imperial antes do combate.

"Cuidado com sua carta!", César me adverte. "Está caindo do bolso!"

Ah, sim, a carta!

César está explicando a uma senhorita os novos artigos da lei da moralidade pública.

Penso em Eva.

Que aparência terá quando for tão velha quanto aquela senhorita?

Quem pode ajudá-la?

Sento-me a outra mesa e escrevo a meus pais.

"Não se preocupem, Deus há de ajudar!"

E, dessa vez, não rasgo a carta.

Ou será que só a escrevi porque tinha bebido?

Tanto faz!

35.
Outono

No dia seguinte, minha senhoria me entrega um envelope trazido, segundo ela, por um moço de recados.
É um envelope azul. Eu o abro e tenho de rir.
O cabeçalho diz:
"Primeiro relatório do clube."
E, logo a seguir:
"Nada de especial a relatar."
Sim, esse clube valente! Em luta pela verdade e pela justiça, mas não tem nada de especial a relatar!
Tampouco eu tenho o que relatar.
O que fazer agora para que Eva não seja condenada?
Penso nela o tempo todo...
Será que amo aquela moça?
Não sei.
Só sei que gostaria de ajudá-la...
Tive muitas mulheres, não sou nenhum santo, e tampouco elas são santas.
Mas agora amo de outra maneira.
Não sou mais jovem, será isso?
É a idade?
Absurdo! Ainda é verão.
E todo dia recebo um envelope azul: o segundo, o terceiro, o quarto, o quinto relatório do clube.
Não relatam nada de especial.
E os dias passam...

As maçãs já estão maduras e, de noite, vem a névoa.
O gado volta para casa, os campos estão nus...
Sim, ainda é verão, mas já se espera a neve.
Eu gostaria de ajudá-la, para que ela não passe frio.
Gostaria de lhe comprar um casaco, sapatos, roupas de baixo.
Ela não precisa despi-las na minha frente...
Só gostaria de saber se pode nevar.
Ainda está tudo verde.
Ela não precisa estar comigo.
Contanto que esteja bem.

36.
Visita

Hoje de manhã recebi visita. Não o reconheci de imediato, mas era o padre com quem certa vez conversara sobre os ideais da humanidade.

Ele entrou vestindo roupa comum, calça cinza-escura e um casaco azul. Aquilo me surpreendeu. Terá fugido?

"O senhor se admira", ele sorri, "por eu estar vestindo roupas comuns, mas é o que uso a maior parte do tempo, porque estou numa situação particular. Em resumo: acabou-se meu período de punição. Mas falemos do senhor! Li seu corajoso testemunho nos jornais e já teria vindo visitá-lo, mas precisava em primeiro lugar conseguir seu endereço. Aliás, o senhor mudou muito. Não sei bem por quê, mas algo mudou no senhor. Ah, sim, está com um aspecto bem mais alegre!"

"Mais alegre?"

"Sim, o senhor também pode se permitir estar contente por ter contado sobre a caixinha, ainda que agora meio mundo o calunie. Pensei muitas vezes no senhor, embora o senhor tenha me dito que não acreditava em Deus, ou mesmo por causa disso. Nesse meio-tempo, é provável que sua ideia de Deus tenha mudado..."

O que ele quer? — penso comigo, contemplando-o com desconfiança.

"Tenho algo importante a lhe dizer, mas, antes, responda-me duas perguntas, por favor. Primeira: está claro para o senhor que, mesmo que a promotoria arquive seu processo, o senhor nunca mais vai lecionar numa escola deste país?"

"Sim, isso já estava claro para mim antes de testemunhar."

"Fico feliz! E agora a segunda: do que o senhor pretende viver? Eu suponho que não possua ações da serraria, uma vez que, lá atrás, o senhor se posicionou com tanta veemência pelos que trabalham em suas casas e pelas crianças nas janelas — lembra-se disso?"

Ah, as crianças nas janelas! Eu tinha me esquecido delas por completo!

E da serraria que não serra mais...

Quanto tempo faz isso tudo!

Parece que foi em outra vida...

Respondo então: "Não tenho nada. E preciso ajudar meus pais também!".

O padre me olha espantado e, depois de uma breve pausa, diz: "Eu tenho um posto para o senhor".

"Como?! Um posto?!"

"Sim, mas em outro país."

"Onde?"

"Na África."

"Com os negros?" Lembro-me de que meu apelido é "o negro" e só posso rir.

O padre continua sério.

"Por que você acha isso tão engraçado? Os negros também são apenas seres humanos!"

A mim o senhor vem dizer isso? — eu gostaria de perguntar, mas não digo nada de parecido, apenas ouço o que ele tem a sugerir: eu poderia ser professor, ele diz, numa escola missionária.

"Preciso entrar para alguma ordem?"

"Isso não é necessário."

Ponho-me a refletir. Hoje, acredito em Deus, mas não acredito que os brancos façam bem aos negros, porque levam Deus até eles como um negócio escuso.

É o que digo ao padre.

Ele permanece muito tranquilo.

"Depende apenas do senhor se vai ou não abusar de sua missão para fazer negócios escusos."

Ouço atento.

Missão?

"Todo ser humano tem uma missão", ele diz.

Certo!

Preciso pegar um peixe.

E digo ao padre que vou, sim, para a África, mas só depois de libertar a moça.

Ele me ouve com atenção.

E então diz:

"Se o senhor acredita saber que foi o rapaz desconhecido quem cometeu o crime, precisa dizer à mãe dele. A mãe precisa ouvir tudo. Vá agora mesmo até ela..."

37.
O fim da linha

Vou até a mãe do T.

O zelador do liceu deu-me o endereço. Comportou-se com muita reserva, porque, afinal, eu nem poderia ter pisado ali.

Nunca mais vou pisar no liceu, vou-me embora para a África.

No momento, estou sentado no bonde.

Preciso ir até o fim da linha.

As belas construções pouco a pouco terminam, e então começam as feias. Atravessamos ruas pobres e, em seguida, alcançamos o bairro nobre dos casarões.

"Fim da linha!", grita o condutor. "Desembarcar!"

Sou o único passageiro.

O ar aqui é bem melhor do que onde moro.

Onde fica o número 23?

Os jardins são bem cuidados. Aqui não se veem anões de jardim. Não se veem corças em repouso nem cogumelos.

Por fim, encontro o 23.

O portão é alto e não se vê a casa, porque o parque é grande.

Toco a campainha e espero.

O porteiro aparece, um homem velho. Não abre a grade.

"O que o senhor deseja?"

"Gostaria de falar com a sra. T."

"Qual o assunto?"

"Sou o professor do filho dela."

"Agora mesmo!"

Ele abre a grade.

Atravessamos o parque.

Atrás de um abeto negro, avisto o casarão.

Quase um palácio.

Um criado está à nossa espera, e o porteiro me deixa a seus cuidados. "Este senhor gostaria de falar com a digníssima senhora. É o professor do jovem senhor."

O criado faz uma pequena reverência.

"Infelizmente, isso talvez seja um pouco difícil", diz ele com gentileza, "porque, neste momento, a digníssima senhora está com visita."

"Mas tenho urgência em falar com ela, é assunto muito importante!"

"O senhor não pode voltar amanhã?"

"Não. É sobre o filho dela."

Ele sorri e, com um gesto mínimo, descarta o assunto.

"Também para seu filho a digníssima muitas vezes não tem tempo. Em geral, o jovem senhor precisa marcar hora."

"Escute", digo, e, bravo, o encaro, "o senhor me anuncie agora mesmo, ou a responsabilidade será sua!"

Pasmo, ele me olha por um momento; depois, torna a fazer leve reverência: "Está bem, vamos tentar. Queira me acompanhar, por favor! Perdoe-me eu ir na frente!".

Entro na casa.

Atravessamos um salão magnífico e, depois, subimos por uma escada até o primeiro andar.

Uma dama vem descendo os degraus, o criado a cumprimenta, e ela sorri para ele. E para mim também.

Mas eu a conheço! Quem é?

Seguimos subindo.

"É X, a atriz de cinema", o criado sussurra para mim.

Ah, sim, isso mesmo!

Eu a vi não faz muito tempo. Como a operária que se casa com o diretor da fábrica.

É a amiga do plebeu supremo.

Poesia e verdade!*

"É uma artista divina", o criado assevera, e alcançamos então o primeiro andar.

Por uma porta aberta, ouço mulheres rindo. Devem estar logo ali, três cômodos adiante, penso. Estão tomando chá.

O criado me conduz para um pequeno salão à esquerda e pede que eu me acomode: fará o possível à primeira oportunidade.

Depois, fecha a porta, e eu fico sozinho, à espera.

Estamos no começo da tarde, mas os dias estão ficando mais curtos.

Das paredes, pendem velhas gravuras. Júpiter e Io. Amor e Psiquê. Maria Antonieta.

O salão é cor-de-rosa e tem muito ouro.

Estou sentado numa cadeira e vejo as demais cadeiras em torno da mesa. Quantos anos vocês têm? Quase duzentos...

Quem já se sentou em vocês?

Pessoas que diziam: amanhã vamos tomar chá com Maria Antonieta.

E pessoas que diziam: amanhã, vamos à execução de Maria Antonieta.

Onde está Eva agora?

Tomara que ainda esteja no hospital, onde tem pelo menos uma cama.

Tomara que ainda esteja doente.

Vou até a janela e olho lá para fora.

O abeto negro faz-se cada vez mais negro, porque está escurecendo.

Sigo esperando.

Por fim, a porta se abre lentamente.

Eu me volto, porque vem chegando a mãe do T.

---

* Menção ao título da autobiografia de Goethe, *De minha vida: Poesia e verdade*.

Que aparência tem?

Fico surpreso.

Diante de mim está não a mãe dele, e sim o próprio T.

Em pessoa.

Gentil, ele me cumprimenta e diz:

"Minha mãe mandou me chamar ao saber que o senhor estava aqui, senhor professor. Infelizmente, ela está sem tempo."

"Ah, sim? E quando terá tempo, então?"

Ele encolhe os ombros, cansado: "Isso eu não sei. Na verdade, ela nunca tem tempo".

Contemplo o peixe.

Sua mãe não tem tempo. Que tanto tem a fazer?

Pensa só em si.

E só posso pensar no padre e nos ideais da humanidade.

É verdade que os ricos sempre vencem?

O vinho não se transforma em água?

Digo ao T: "Se sua mãe está sempre ocupada, então talvez eu possa falar com seu pai?".

"Meu pai? Mas ele nunca está em casa! Está sempre viajando, eu mal o vejo. Ele dirige um conglomerado."

"Um conglomerado?"

Vejo uma serraria que não serra mais nada.

As crianças ficam sentadas nas janelas, pintando os bonecos. Poupam luz porque não têm luz nenhuma.

E Deus caminha por todas as ruas.

Vê as crianças e a serraria.

Está chegando.

Está lá fora, diante do portão alto.

O velho porteiro não O deixa entrar.

"O que o senhor deseja?"

"Quero falar com o casal T."

"Qual o assunto?"

"Eles sabem muito bem."

Sim, sabem muito bem, mas não estão à espera d'Ele...

"O que o senhor quer de meus pais, afinal?", ouço de súbito a voz do T.

Olho para ele.

Agora, ele vai sorrir, penso comigo.

Mas já não sorri. Olha apenas.

Desconfia que será apanhado?

De repente, seus olhos fulguram.

O brilho do pavor.

E eu digo: "Queria falar com seus pais sobre você, mas infelizmente eles não têm tempo".

"Sobre mim?"

Ele abre um sorrisinho.

Completamente vazio.

O curioso postado ali, feito um idiota.

Agora, parece escutar alguma coisa.

O que voa ao seu redor?

O que está ouvindo?

As asas da estupidez?

Vou-me embora correndo.

38.
A isca

Em casa, encontro outro envelope azul. Ah, o clube!
De novo, não terão nada a relatar...
Abro e leio:
"Oitavo relatório do clube. Ontem à tarde, o T foi ao cine Kristall. Ao sair do cinema, falou com uma dama elegante que deve ter encontrado lá dentro. Depois, dirigiu-se com ela à rua Y, número 67. Meia hora mais tarde, reapareceu com ela à porta do edifício e se despediu. Foi para casa. A dama ficou olhando-o afastar-se, fez uma careta e cuspiu ostensivamente no chão. É possível que não se tratasse de uma dama. Era alta, loira, trajava um casaco verde-escuro e um chapéu vermelho. De resto, nada mais a relatar."
Não tenho como não abrir um sorrisinho.
Ora, o T se faz galante; mas isso não me interessa.
Por que ela fez uma careta?
Claro que não era dama nenhuma, mas por que cuspir daquele jeito?
Vou lá perguntar a ela.
Sim, porque agora quero seguir cada pista, por menor e mais absurda que seja...
Se ele não morde o anzol, terá de ser apanhado com uma rede, uma rede muito fina, através da qual não possa escapar.
Vou até a rua Y, número 67, e pergunto à zeladora sobre uma senhora loira...

Ela me interrompe de pronto: "A srta. Nelly mora no 17".

No edifício, mora a gente humilde, bravos cidadãos. E uma srta. Nelly.

Toco a campainha do 17.

Uma loira abre a porta e diz: "Bom dia! Vá entrando!".

Eu não a conheço.

No vestíbulo, está pendurado o casaco verde-escuro; na mesinha, o chapéu vermelho. É ela.

Agora, vai ficar brava por eu só ter vindo para obter informações. Prometo-lhe, pois, a remuneração de praxe, caso ela responda às minhas perguntas. Não fica brava, e sim desconfiada. Não, não sou um policial, busco tranquilizá-la, só queria saber por que ela cuspiu ontem às costas do rapaz.

"Primeiro, o dinheiro", ela diz.

Dou o dinheiro a ela.

Ela se acomoda no sofá e me oferece um cigarro.

Fumamos.

"Não gosto de falar sobre isso", diz.

E segue calada.

De súbito, começa a falar: "Por que cuspi é fácil de explicar: foi simplesmente nojento! Asqueroso!".

Ela se sacode.

"Como assim?"

"Imagine o senhor que ele começou a rir!"

"Rir?"

"Aquilo me deu calafrios, fiquei tão furiosa que lhe dei um safanão! Ele, então, correu para diante do espelho e disse: Nem ficou vermelho! Tudo que ele fazia era observar, observar! Por mim, nunca mais tocaria naquele sujeito, mas infelizmente serei obrigada a ter esse prazer de novo..."

"De novo? Quem a obriga?"

"Ninguém me obriga a nada, não à Nelly! Mas presto um favor voluntário a alguém, se me submeter de novo àquela figura nojenta. Aliás, preciso inclusive fazer como se estivesse apaixonada pelo rapaz!"

"E assim estará fazendo um favor a alguém?"

"Sim, porque sou muito agradecida a essa pessoa."

"Quem é?"

"Não, isso não posso dizer! Isso a Nelly não diz! Um cavalheiro que não conheço."

"Mas o que quer esse cavalheiro desconhecido?"

Ela me olha espantada e diz então, bem devagar:

"Quer apanhar um peixe."

Levanto-me de um salto e grito: "O quê?! Um peixe?!".

Ela toma um belo de um susto.

"O que foi que lhe deu?", pergunta, e apaga depressa seu cigarro. "Não — não, a Nelly não vai dizer mais nada! A mim me parece que o senhor é louco! Vá, vá-se embora! Adeus, papi!"

Parto quase cambaleante, com a cabeça em total confusão.

Quem quer apanhar o peixe?

O que está acontecendo?

Quem é esse cavalheiro desconhecido?

39.
Na rede

Quando chego em casa, minha senhoria me recebe preocupada. "Tem um estranho aí", ela diz, "está esperando pelo senhor já faz meia hora, e estou com medo. Tem alguma coisa errada com ele. Está sentado na sala de visitas."

Um estranho?

Entro na sala de visitas.

Já escureceu, e o cavalheiro está sentado no escuro.

Acendo a luz.

Ah, é Júlio César!

"Finalmente!", ele diz, acendendo sua caveira. "Pois agora aguce os ouvidos, colega!"

"O que é que há?"

"Peguei o peixe."

"O quê?!"

"Sim. Já está rodeando a isca, cada vez mais perto — vai mordê-la hoje à noite! Venha comigo, precisamos correr, está tudo preparado, está mais do que na hora!"

"O que está preparado?"

"Explico tudo ao senhor!"

Saímos a toda pressa.

"Para onde?"

"Ao Lírio!"

"Aonde?"

"Como explicar a uma criança? O Lírio é uma casa noturna vulgar!"

Ele avança bem depressa, e começa a chover.

"Chuva é bom", diz ele, "com chuva, eles mordem mais rápido."

Ele ri.

"Escute", grito, "o que o senhor pretende?!"

"Assim que nos sentarmos, explico tudo! Venha, estamos nos molhando!"

"Mas como é que o senhor pode apanhar o peixe e não me dizer nada?!"

"Queria fazer uma surpresa, dê-me essa alegria!"

De repente, ele para, embora a chuva esteja forte e sua pressa seja grande.

Olha-me de um jeito singular e, devagar, diz:

"O senhor me pergunta", e ele me parece enfatizar cada palavra, "o senhor me pergunta por que estou apanhando o peixe? Pois o senhor mesmo me contou faz alguns dias — lembra-se? Depois, foi se sentar a uma outra mesa e, de repente, chamou-me a atenção como estava triste por causa da moça, e eu senti que precisava ajudá-lo. Lembra-se de estar sentado à mesa? Creio que escrevia uma carta."

Uma carta?!

Sim, isso mesmo! A carta a meus pais!

Quando por fim consegui escrever "Deus há de ajudar"...

Cambaleio por um instante.

"O que lhe deu? O senhor está todo pálido?", ouço a voz de Júlio César.

"Nada, não é nada!"

"Está mais do que na hora de o senhor tomar uma aguardente!"

Talvez!

Chove, a água vai caindo com intensidade cada vez maior. Sinto calafrios.

Por um breve momento, vi a rede.

40.
ON

O Lírio é quase impossível de achar, de tão escuro que é o lugar.

Lá dentro, a claridade não é muito maior.

Mas é mais quente e ali pelo menos não chove.

"As damas já chegaram", recebe-nos a proprietária, apontando para o terceiro compartimento.

"Bravo!", exclama o César, voltando-se para mim: "As damas são minha isca. As minhocas, por assim dizer."

No terceiro compartimento estão sentadas a srta. Nelly e uma garçonete gorda.

Nelly me reconhece de imediato, mas, por hábito, permanece calada.

Sorri, apenas, um sorriso azedo.

César detém-se, perplexo.

"Cadê o peixe?", pergunta, apressado.

"Não apareceu", responde a gorda. Sua voz soa triste e monótona.

"Deu-me o cano", diz a Nelly com um sorriso doce.

"Ela ficou esperando duas horas na frente do cinema", acrescenta a gorda, resignada.

"Duas horas e meia", a Nelly corrige e, de repente, já não sorri. "Fico feliz que aquele sujeito nojento não tenha vindo."

"Mas que coisa!", comenta o César, que me apresenta às damas: "Um ex-colega."

A gorda me avalia, a srta. Nelly olha para o nada e ajeita o sutiã.

Sentamo-nos.

A aguardente queima e aquece.

Somos os únicos fregueses.

A proprietária põe os óculos e lê o jornal. Debruçada sobre o balcão, é como se tivesse tapado os ouvidos.

Não sabe nem quer saber de nada.

O que significa as duas damas serem minhocas?

"O que está acontecendo aqui, afinal?", eu pergunto a César.

Ele se curva para bem perto de mim: "Na verdade, eu não queria inteirá-lo antes do tempo, caro colega, porque se trata de uma historiazinha ordinária e assim vai permanecer, de modo que melhor seria o senhor não ter nada a ver com ela. Mas, depois, pensei: não faria mal a ninguém se tivéssemos mais uma testemunha. A verdade é que nós três, as duas damas e eu, queríamos reconstruir o crime".

"Reconstruir?!"

"De certo modo."

"E como?!"

"Nossa ideia é que o peixe o cometa de novo."

"De novo?!"

"Sim. E de acordo com um plano genial, já testado e comprovado há muito tempo. Eu queria reconstruir a coisa toda numa cama."

"Numa cama?!"

Ele assente com um movimento de cabeça e acende sua caveira. "Preste atenção, colega. A srta. Nelly ficou de esperar o peixe defronte do cinema, porque ele acha que ela o ama."

César ri.

Mas a srta. Nelly não ri. Em vez disso, faz uma careta e cospe.

"Não comece a cuspir por aqui!", a gorda dá um sorrisinho.

"Cuspir é proibido por lei!"

"Eu quero mais é que a lei vá...", principia a Nelly.

"Não, nada de política!", César a interrompe e se volta para mim. "Aqui, neste compartimento do Lírio, nosso querido peixe haveria de se embebedar até não conseguir mais nadar, de forma que poderíamos apanhá-lo até mesmo com a mão. Aí, as duas damas o levariam para o quarto, lá atrás, por aquela porta ali, escondida no papel de parede. Em seguida, por consequência lógica, aconteceria o seguinte:

"O peixe adormeceria.

"A Nelly se deitaria no chão, e esta criança roliça aqui a cobriria com um lençol, da cabeça aos pés, como se fosse um cadáver.

"Depois, minha querida roliça se precipitaria sobre o peixe adormecido e começaria a gritar, bem estridente: 'O que você fez?! Meu Deus do céu, o que foi que você fez?!'.

"E eu entraria no quarto e gritaria: 'Polícia!'. Diria na cara dele que, bêbado, ele matara a Nelly, da mesma forma como fizera da outra vez. Teríamos armado uma bela de uma cena, e eu lhe daria uns safanões. Aposto, colega, que ele próprio se denunciaria! Ainda que o fizesse com não mais do que uma palavrinha, eu com certeza o teria apanhado!"

Sou obrigado a rir.

César me olha quase desgostoso.

"O senhor tem razão", ele diz, "o homem planeja seu caminho, Deus firma seus passos... Enquanto nos irritamos porque ele não morde a isca, é possível que já esteja se debatendo na rede."

Estremeço. Na rede?!

"Pode rir", ouço César dizer, "o senhor só fala da moça inocente, mas eu penso também no rapaz que morreu!"

Ouço atento.

No rapaz que morreu?

Ah, claro, no N — eu já o havia esquecido por completo...

Penso em todo mundo, em todos — até nos pais dele penso de vez em quando, ainda que não com grande simpatia. Mas nunca penso no rapaz, nunca, nem me lembrava mais dele.

Sim, o N!

Que tinha sido morto. Com uma pedra.

E que não existe mais.

41.
O fantasma

Saio do Lírio.

Vou depressa para casa, e o pensamento no N, que não existe mais, não me deixa em paz.

Ele me persegue até meu quarto, até minha cama.

Preciso dormir! Quero dormir!

Mas não adormeço...

Volta e meia ouço o N: "O senhor se esqueceu por completo, senhor professor, de que também é culpado do meu assassinato. Quem foi que abriu a caixinha — eu ou o senhor? Eu não tinha pedido ao senhor: 'Me ajude, senhor professor, porque não fui eu'? Mas o senhor queria contrariar os planos, corrigir as contas... Eu sei, eu sei, acabou-se!".

Sim, acabou-se.

As horas passam, as feridas ficam.

Os minutos avançam cada vez mais depressa...

Passam correndo por mim.

Logo o relógio vai tocar.

"Senhor professor", torno a ouvir o N, "o senhor se lembra daquela aula de história no inverno passado? Estávamos na Idade Média, e o senhor contava que o carrasco, antes de proceder à execução, sempre pedia perdão ao criminoso. Desculpava-se por precisar agora fazer-lhe um grande mal, porque só se podia expiar uma culpa com outra culpa."

Só com outra culpa?

E penso comigo: sou um carrasco?

Devo pedir perdão ao T?
E esse pensamento não me dá mais sossego...
Levanto-me...
"Aonde vai?"
"De preferência para longe, para muito longe, agora mesmo..."
"Pare!"
Ele está diante de mim, o N.
Não consigo passar por ele.
Não quero mais ouvi-lo!
Ele não tem olhos, mas não tira os olhos de mim.
Acendo a luz e contemplo o abajur.
Está cheio de poeira.
Só consigo pensar no T.
Ele nada em torno da isca — ou não?
De repente, o N pergunta:
"Por que o senhor só pensa em si?"
"Em mim?"
"Só pensa no peixe. Mas o peixe e o senhor, senhor professor, são agora uma única e mesma coisa."
"A mesma coisa?!"
"O senhor quer apanhá-lo, não quer?"
"Sim, com certeza, mas por que somos a mesma coisa, eu e ele?"
"O senhor está se esquecendo do carrasco, senhor professor — do carrasco que pede perdão ao assassino. Nesse momento misterioso em que uma culpa expia outra, carrasco e assassino fundem-se numa só pessoa; de certo modo, o assassino se transfere para o carrasco. O senhor me entende, senhor professor?"
Sim, pouco a pouco começo a compreender...
Não, não quero saber mais nada!
Tenho medo?
"O senhor ainda pode apanhá-lo, mas deixa que ele siga nadando", ouço o N. "Começa até mesmo a sentir pena dele..."

Certo, sua mãe não tem tempo para mim...
"Mas deveria pensar na minha mãe também, senhor professor, e sobretudo em mim! Ainda que queira apanhar o peixe não por minha causa, mas por causa de uma moça, por causa de uma moça na qual já nem pensa mais..."
Ouço com atenção.
Ele tem razão, não penso nela...
E já há muitas horas.
Que aspecto ela tem mesmo?
O frio é cada vez maior.
Eu mal a conheço...
Claro, claro, já a vi inteira uma vez, mas à luz do luar, e as nuvens cobriam a terra. Mas como são seus cabelos? Loiros ou castanhos?
Engraçado, não sei.
Estou congelando.
Tudo nada para longe...
E no tribunal?
Só me lembro de que ela me fez um aceno antes de dizer a verdade, e senti então que precisava apoiá-la.
O N ouve atento.
"Ela lhe fez um aceno?"
"Sim."
E vejo-me obrigado a pensar em seus olhos.
"Mas, senhor professor, os olhos dela não são assim! Ela tem olhos pequenos, maliciosos, inquietos, sempre olhando para um lado e para o outro, verdadeiros olhos de ladra!"
"Olhos de ladra?"
"Sim."
E, de súbito, ele se torna especialmente solene.
"Os olhos que o contemplaram, senhor professor, não foram os da moça. Foram outros olhos."
"Outros?"
"Sim."

42.
A corça

No meio da noite, ouço a campainha da porta.

Quem é?

Ou me enganei?

Não, está tocando de novo!

Pulo da cama, visto o roupão e saio correndo do quarto. Topo com minha senhoria, sonolenta e confusa.

"Quem será?", ela pergunta preocupada.

"Quem está aí?", pergunto através da porta.

"Polícia!"

"Jesus, minha mãe do céu!", a senhoria exclama, muito apavorada. "O que foi que o senhor andou fazendo, senhor professor?"

"Eu? Nada!"

A polícia entra — dois investigadores. Perguntam por mim.

Sim, senhor, sou eu.

"Só queremos uma informação. Vista-se agora mesmo. Precisa vir conosco!"

"Aonde?"

"Mais tarde!"

Visto-me apressado — o que houve?!

Estou sentado na viatura. Os dois investigadores seguem em silêncio.

Para onde estamos indo?

As belas construções vão aos poucos rareando, depois começam as feias. Estamos atravessando as ruas pobres e alcançamos o bairro nobre dos casarões.

Sinto medo.

"Meus senhores", digo, "pelo amor de Deus, o que houve?"

"Mais tarde!"

Ali está o fim da linha do bonde. Seguimos adiante.

Sim, agora sei para onde estamos indo...

O portão alto está aberto, atravessamos, ninguém nos anuncia.

No vestíbulo há muitas pessoas.

Reconheço o velho porteiro e também o criado que me conduzira ao salão cor-de-rosa.

A uma mesa está sentado um alto funcionário da polícia. E um escrivão.

Todos me olham inquisitivos e hostis.

O que foi que eu fiz de errado?

"Aproxime-se", o funcionário me recebe.

Eu me aproximo.

O que querem de mim?

"Precisamos fazer-lhe algumas perguntas. O senhor queria falar com a digníssima senhora ontem à tarde..." — ele aponta para o lado direito.

Olho naquela direção.

Ali está sentada uma dama. Num grandioso traje noturno.

Elegante, bem cuidada — ah, a mãe do T!

Ela me contempla cheia de ódio.

Por quê?

"Vamos, responda!", ouço o funcionário dizer.

"Sim", digo, "queria falar com a digníssima senhora, mas ela não tinha tempo para mim."

"E o que queria dizer a ela?"

Fico paralisado — mas não faz sentido!

Não, não quero mais mentir!

Vi, sim, a rede...

"Só queria dizer à digníssima senhora", principio lentamente, "que tenho certa suspeita quanto a seu filho..."

Não vou adiante, a mãe levanta-se depressa.

"Mentira!", ela grita. "Tudo mentira! Ele é o culpado, só ele! Levou meu filho à morte! Ele, só ele!"

Vacilo.

À morte?!

"Mas o que está acontecendo?!", grito eu.

"Silêncio!", o funcionário me repreende.

E então fico sabendo que o peixe nadou para dentro da rede. Já foi levado para terra e não se debate mais. Acabou.

Quando a mãe chegou em casa, há uma hora, encontrou um bilhete na penteadeira. "O professor me levou à morte", dizia o bilhete.

A mãe correu lá para cima, para o quarto do T. O T havia desaparecido. Ela avisou a casa toda. Vasculharam tudo e não encontraram nada. Procuraram no parque, chamavam: "T!" — e seguiram chamando, "T!", mas sem obter resposta alguma.

Por fim, descobriram-no. Perto de uma vala. Tinha se enforcado.

A mãe olha para mim.

Não está chorando.

É incapaz de chorar, passa-me pela cabeça.

O funcionário me mostra o bilhete.

Um pedaço de papel rasgado.

Sem assinatura.

Talvez ele tenha escrito mais, ocorre-me de súbito.

Olho para a mãe.

"Isto é tudo?", pergunto ao funcionário.

A mãe desvia o olhar.

"Sim, isto é tudo", diz o funcionário. "Explique-se!"

A mãe é uma mulher bonita. Seu decote é maior nas costas do que na frente. Ela com certeza jamais soube o que é não ter o que comer...

Seus sapatos são elegantes, as meias, tão delicadas que é como se ela não as calçasse, mas suas pernas são gordas. Seu lenço é pequeno. Que cheiro tem? Por certo, ela usa um perfume caro...

Mas pouco importa o perfume.

Se o pai não fosse dono de um conglomerado, a mãe cheiraria apenas a si mesma.

Agora ela me contempla, quase com escárnio.

Dois olhos claros e redondos...

O que o T havia dito na confeitaria?

"Mas eu não tenho olhos de peixe, senhor professor, tenho os olhos claros de uma corça, como minha mãe sempre diz."

Ele não disse que sua mãe tinha os mesmos olhos?

Não sei mais.

Olho fixo para ela.

Espere só, corça!

Logo vai nevar, e você vai se aproximar dos homens.

Mas eu vou rechaçá-la!

De volta para a floresta, onde metros de neve se empilham.

Onde você vai congelar...

Onde vai morrer de fome no gelo.

Olhe para mim, agora falo eu!

43.
Os outros olhos

E falo do rapaz desconhecido que matou o N, e conto que o T queria ver como uma pessoa nasce e morre. Nascimento, morte e tudo que há entre uma coisa e outra, era o que ele queria saber com precisão. Queria investigar todos os segredos, mas apenas para poder estar acima deles — encimá-los com seu escárnio. Não sentia calafrios, porque seu medo era apenas covardia. E seu amor pela realidade, apenas ódio da verdade.

E, enquanto assim falo, sinto de repente uma leveza maravilhosa, porque o T não existe mais.

Um a menos!

Isso me alegra, então?

Sim! Sim, me alegro!

Porque, a despeito de toda a culpa pelo mal, é magnífico e maravilhoso quando alguém mau é aniquilado!

E conto tudo.

"Meus senhores", digo, "há uma serraria que não serra mais, e crianças sentadas nas janelas, pintando bonecos."

"E o que isso tem a ver conosco?", pergunta-me o funcionário.

A mãe olha pela janela lá para fora.

Lá fora, é noite.

Ela parece escutar alguma coisa...

O que está ouvindo?

Passos?

O portão está aberto, afinal...

"Não faz sentido contrariar os planos", eu digo, e, de repente, ouço minhas próprias palavras.

A mãe agora torna a me fitar.

E eu me ouço dizer: "É possível que eu tenha levado seu filho à morte...".

Detenho-me...

Por que a mãe sorri?

Ela segue sorrindo...

É louca?

E ela começa a rir cada vez mais alto!

Tem um ataque.

Grita, choraminga...

Ouço apenas a palavra "Deus".

Depois, dá um grito esganiçado: "Não faz sentido!".

Tentam acalmá-la.

Ela desfere golpes em torno de si.

O criado a segura com firmeza.

"Está serrando, serrando!", lastima-se...

O quê?

A serraria?

Ela está vendo as crianças nas janelas?

Apareceu aquele senhor que não leva em conta se a senhora tem tempo, digníssima senhora, porque ele caminha por todas as ruas, sejam grandes ou pequenas?

Ela segue desferindo golpes em torno de si.

E então solta um pedacinho de papel — como se alguém tivesse batido em sua mão.

O funcionário o apanha.

É um papelzinho amassado.

Um pedaço rasgado daquele mesmo bilhete em que se lia: "O professor me levou à morte".

E, nesse pedaço, o T escreveu por que tinha sido levado à morte: "Porque o professor sabe que matei o N. Com a pedra...".

Fez-se um silêncio completo no salão.
A mãe parecia ter desabado.
Sentada, não se mexia.
De repente, volta a sorrir e me faz que sim com a cabeça.
O que foi isso?
Não, não foi ela...
Não eram seus olhos...
Calmos como os lagos escuros nas florestas de minha terra natal.
E tristes como uma infância sem luz.
É assim que Deus olha para dentro de nós, tenho de repente de pensar.
No passado, eu acreditava que Ele tivesse olhos insidiosos, penetrantes...
Não, não!
Porque Deus é a verdade.
"Diga que você abriu a caixinha", ouço outra vez a voz. "Faça-me esse favor e não me ofenda."
Agora, a mãe se aproxima lentamente do funcionário e começa a falar, baixinho, mas com firmeza: "Queria poupar-me desta vergonha", ela diz, "mas, quando o professor mencionou as crianças nas janelas, pensei comigo: não, não faz sentido".

44.
Sobre as águas

Amanhã parto para a África.

Tenho flores sobre a minha mesa. São de despedida, de minha boa senhoria.

Meus pais me escreveram que estão contentes por eu ter arrumado um posto, mas tristes por eu precisar ir para tão longe, além do grande mar.

E há também uma outra carta. Um envelope azul.

"Abraços aos negros. O clube."

Ontem, fui visitar Eva.

Está feliz porque o peixe foi apanhado. O padre me prometeu que vai cuidar dela, quando ela sair da prisão.

Sim, tem olhos de ladra.

O promotor arquivou o processo contra mim, e o Z já está livre. Estou fazendo minhas malas.

Júlio César me deu sua caveira de presente. Só pediu que eu não a perca!

Junte toda a bagagem, não se esqueça de nada!

Não deixe nada para trás!

O negro a caminho dos negros.

Sobre esta edição

Esta tradução baseia-se na edição digital de *Jugend ohne Gott* a cargo de Heike Wirthwein (Ditzingen: Reclam XL, Text und Kontext, 2021), cujo texto, por sua vez, foi extraído de Ödön von Horváth, *Jugend ohne Gott: Roman*, com organização de Klaus Kastberger e Evelyne Polt-Heinzl (Stuttgart: Reclam, 2009 [Reclams Universal-Bibliothek, 18612]). O original alemão segue a primeira edição da obra, publicada em Amsterdam pela editora Allert de Lange em 26 de outubro de 1937 (com data de 1938).

Sergio Tellaroli

ÖDÖN VON HORVÁTH nasceu em Sušak/Fiume (hoje, Rijeka, na Croácia) em 9 de dezembro de 1901. Aos dezoito anos, mudou-se para Munique para estudar teatro e, mais tarde, se estabeleceu como dramaturgo em Berlim, escrevendo peças que falam da moral hipócrita da pequena-burguesia e satirizam tanto a história alemã como o momento sociopolítico que vivia. Foi agraciado com o prestigioso Prêmio Kleist em 1931. A partir do ano seguinte, no entanto, o fortalecimento do nazismo lhe impôs dificuldades crescentes. Horváth foi preso por um breve período, mas conseguiu fugir para Viena e Salzburgo, até que, em 1938, a anexação da Áustria o obrigou a fugir de novo. Depois de passar por diversas cidades, terminou em Paris, onde, em 1º de junho de 1938, no meio de uma tempestade, o galho de uma árvore o atingiu e o matou perto da Champs-Élysées. Além de *Juventude sem Deus*, Ödön publicou os romances *Der ewige Spießer* [O eterno careta] e *Ein Kind unserer Zeit* [Um filho dos nossos tempos].

SERGIO TELLAROLI nasceu em Araraquara (SP), em 1959. Graduado em alemão e inglês pela Faculdade de Filosofia, Letras e Ciências Humanas (USP), trabalhou nas editoras Ática, Companhia das Letras e Conrad. É um dos mais reconhecidos tradutores da língua alemã no Brasil. Verteu ao português, entre outros, Elias Canetti, Thomas Bernhard, Robert Walser e Sigmund Freud. Como bolsista, tem diversas temporadas pelo Colégio Europeu de Tradutores de Straelen, na Alemanha, onde foi "Translator in Residence", de abril a junho de 2011.

MICHELE GIALDRONI é graduado em literatura alemã pela Universidade de Tübingen e em literatura italiana pela Universidade de Roma Tre. Doutor em letras pela Universidade de Tübingen, realizou pós-doutorado no Departamento de Letras Modernas da FFLCH/USP com um estudo sobre o arcadismo brasileiro. Na Alemanha foi docente nas Universidades de Tübingen, Stuttgart e Passau. Posteriormente dirigiu os Institutos Italianos de Cultura em Montevidéu, São Paulo e, atualmente, Pretoria. Na área de literatura alemã, destaca-se seu interesse pelo período entreguerras, tendo organizado em 2022 a edição italiana do último livro de poemas de Else Lasker-Schüler. Em português, publicou artigos na *Revista de Estudos Avançados* (2009) e em *O Eixo e a Roda* (2022).

© Todavia, 2024
© *tradução e notas*, Sergio Tellaroli, 2024
© *prefácio*, Michele Gialdroni, 2024

Todos os direitos desta edição reservados à Todavia.

Grafia atualizada segundo o Acordo Ortográfico da Língua Portuguesa de 1990, que entrou em vigor no Brasil em 2009.

capa
Daniel Trench
imagem de capa
Wiener Holocaust Library Collections
composição
Lívia Takemura
preparação
Nina Schipper
revisão
Karina Okamoto
Huendel Viana

1ª reimpressão, 2024

Dados Internacionais de Catalogação na Publicação (CIP)

Horváth, Ödön von (1901-1938)
  Juventude sem Deus / Ödön von Horváth ; prefácio Michele Gialdroni ; tradução e notas Sergio Tellaroli. — 1. ed. — São Paulo : Todavia, 2024.

  Título original: Jugend ohne Gott
  ISBN 978-65-5692-658-2

  1. Literatura alemã. 2. Romance. 3. Ficção. 4. Nazismo. 5. Guerra Mundial (1939-1945). I. Gialdroni, Michele. II. Tellaroli, Sergio. III. Título.

CDD 833

Índice para catálogo sistemático:
1. Literatura alemã : Romance 833

Bruna Heller — Bibliotecária — CRB 10/2348

todavia
Rua Luís Anhaia, 44
05433.020 São Paulo SP
T. 55 11 3094 0500
www.todavialivros.com.br

fonte
Register*
papel
Pólen natural 80 g/m²
impressão
Geográfica